A AMIGA MALDITA

Beatrice Salvioni

A AMIGA MALDITA

Tradução de Marcello Lino

Copyright © 2023 Giulio Einaudi editore s.p.a., Torino
Publicado sob acordo especial com Beatrice Salvioni em conjunto com
seu agente devidamente nomeado, Carmen Prestia Literary Agency, e sua coagente, The Ella Sher Literary Agency.

TÍTULO ORIGINAL
La Malnata

PREPARAÇÃO
Dandara Morena

REVISÃO
Eduardo Carneiro
Rayana Faria

ADAPTAÇÃO DE PROJETO GRÁFICO E DIAGRAMAÇÃO
Ilustrarte Design

DESIGN DE CAPA
Bloco Gráfico

IMAGEM DE CAPA
© Elvira Freitas Lira, 2023

CIP-BRASIL. CATALOGAÇÃO NA PUBLICAÇÃO
SINDICATO NACIONAL DOS EDITORES DE LIVROS, RJ

S175a

    Salvioni, Beatrice, 1995-
       A amiga maldita / Beatrice Salvioni ; tradução Marcello Lino. - 1. ed. - Rio de Janeiro : Intrínseca, 2024.
       256 p. ; 21 cm.

    Tradução de: La malnata
    ISBN 978-85-510-0998-7

    1. Romance italiano. I. Lino, Marcello. II. Título.

24-92219   CDD: 853
                                CDU: 82-31(450)

Gabriela Faray Ferreira Lopes - Bibliotecária - CRB-7/6643

[2024]
Todos os direitos desta edição reservados à
Editora Intrínseca Ltda.
Av. das Américas, 500, bloco 12, sala 303
22640-904 – Barra da Tijuca
Rio de Janeiro - RJ
Tel./Fax: (21) 3206-7400
www.intrinseca.com.br

*À menina que eu era.
E, especialmente, àqueles que me ensinaram
a nunca deixar de escutar a sua voz.*

Sumário

Prólogo *Não conte a ninguém* — 9
Parte um *Onde começa e termina o mundo* — 15
Parte dois *O sangue de amanhã e as culpas de hoje* — 109
Parte três *A prova de coragem* — 147
Parte quatro *A língua decepada do ganso* — 189
Epílogo *A forma da voz* — 239

Agradecimentos — 249
Notas ao texto — 253

PRÓLOGO
Não conte a ninguém

É difícil se livrar de um corpo que está em cima de você.

Foi o que descobri aos 12 anos, enquanto escorria sangue do meu nariz e da minha boca e tinha a calcinha enrolada nos tornozelos.

Os seixos da margem do Lambro, duros como garras, pressionavam minha nuca e minha bunda nua, as costas afundadas na lama. O corpo dele pesava sobre a minha barriga, anguloso e ainda quente. Os olhos estavam brilhantes e vazios, a saliva branca escorrendo pelo queixo, a boca aberta exalando mau cheiro. Antes de cair morto, tinha me olhado com o medo contraindo-lhe o rosto, uma das mãos ainda enfiada na cueca e as pupilas dilatadas e negras como se fossem se dissolver e escorrer pelo rosto.

Tombara para a frente, seus joelhos ainda pressionando minhas coxas, que ele mantivera abertas. Não se mexia mais.

— Eu só queria que ele parasse — explicou Maddalena, que tocava a própria cabeça no lugar em que o sangue coagulara e a lama secara em um grumo de cabelos emaranhados. — Não tive escolha.

Ela se aproximou, o vestido fino colado na pele encharcada, desenhando com perfeição os contornos do físico enxuto, tenso.

— Já vou — falou. — Fica parada.

Mas eu ainda nem tinha conseguido me mexer: meu corpo se tornara algo esquecido e distante, como um dente caído. Eu só sentia o gosto do sangue entre os lábios e na língua e estava com dificuldade de respirar.

Maddalena se ajoelhou, os seixos estalaram sob as pernas nuas dela. As meias estavam encharcadas e lhe faltava um sapato. Ela começou a pressionar o tronco com ambos os braços, usou os cotovelos e depois a testa. Continuou fazendo força, mas não conseguiu movê-lo.

Quando mortas, as coisas pesam mais, como aquele gato no pátio de Noè, cheio de terra, com as tripas viscosas e um punhado de moscas que pousavam no focinho e nos olhos dele. Nós o havíamos enterrado atrás do cercado dos gansos.

— Não consigo sozinha — disse Maddalena. O cabelo grudado no rosto pingava sobre as pedras. — Você tem que me ajudar.

A voz dela ecoou dentro da minha cabeça, cada vez mais forte. Com dificuldade, consegui soltar um dos braços, que estavam presos sob o corpo dele, depois o outro. Pressionei a palma das mãos contra o peito do homem e o empurrei. Acima de nós estava o arco da ponte e um recorte de céu turvo; embaixo, os seixos úmidos e escorregadios. Em volta, o barulho do rio.

— Temos que empurrar de uma vez só.

Fiz o que ela mandou. Enquanto tomava fôlego, inspirava o sabor lânguido e doce da água-de-colônia daquele homem.

Maddalena me olhou e ordenou:

— Agora.

Empurramos juntas, soltei um grito, me curvei e, de repente, ele se desgrudou de mim. Caiu de costas do meu lado, os olhos arregalados, a boca escancarada e as calças arriadas. A fivela do cinto tilintou nas pedras.

Assim que me libertei daquele peso, virei-me de lado, cuspi saliva vermelha nos seixos e esfreguei os dedos nos lábios e nas narinas para me livrar daquele cheiro. Por um instante, fiquei sem ar, depois encolhi as pernas e tentei respirar. A calcinha estava com o elástico arrebentado, o tecido rasgado, perfurado pelo calcanhar. Esperneei com raiva para tirá-la e me cobri com a saia, que havia se embolado acima do umbigo. Eu estava com o ventre frio e tudo doía.

Maddalena se levantou, limpou-se da lama e esfregou a palma das mãos nas coxas.

— Você está bem? — perguntou.

Mordi o lábio e assenti. Eu tinha na garganta um dique prestes a se romper, mas não estava chorando. Ela havia me ensinado isto: chorar era para os idiotas.

Maddalena afastou o cabelo grudado na testa. Seus olhos estavam pequenos e severos. Apontou para o corpo e disse:

— A gente não vai conseguir tirar ele daqui. — Em seguida, lambeu o sangue que havia se acumulado embaixo do nariz e continuou: — Vamos esconder o corpo aqui mesmo.

Eu me levantei e me aproximei dela. Não conseguia ficar em pé, as solas dos sapatos de couro faziam com que eu escorregasse. Agarrei-me a ela, apertando-lhe o pulso. O cheiro do rio tomava conta de tudo. Maddalena tremia, mas não de medo. Maddalena não tinha medo de nada. Nem do cão do sr. Tresoldi, com gengivas inchadas e que espumava entre os dentes, nem da perna do diabo que desce pela chaminé na história que os adultos contavam. E nem do sangue nem da guerra.

Tremia porque se encharcara quando ele a havia segurado pelo cabelo e a arrastado ao longo da margem enquanto ela esperneava e gritava. Para fazê-la ficar calada, ele a havia mantido com a cabeça embaixo d'água enquanto cantava, a voz grave como as do rádio: "*Parlami d'amore, Mariù. Tutta la mia vita sei tu.*"

— A gente precisa encontrar galhos — disse Maddalena.

— Uns galhos robustos.

Mas eu não parava de olhar para aquela figura imóvel, cheia de saliências e cavidades, que pouco antes havia apertado meus pulsos e enfiado a língua na minha boca. Parecia que eu ainda a sentia, assim como os dedos e a respiração dele sobre o meu corpo. Eu só queria dormir. Ali, no meio das pedras e do barulho da água, mas Maddalena tocou no meu ombro e falou:

— É melhor a gente se apressar.

Fizemos o corpo rolar pela margem e o arrastamos até um dos pilares da ponte, deixando-o embolado contra o muro que transpirava umidade. Estava com os cotovelos virados, os dedos rígidos e a boca aberta. Não havia mais nada no rosto dele que lembrasse o rapaz que fora: elegante e descarado, com calças compridas de vinco bem-feito, distintivo com o símbolo fascista e a bandeira tricolor, que alisava o cabelo com um pente de tartaruga e repetia, rindo: "Vocês não são nada."

Recolhemos os galhos que o rio arrastava para o areal na maré cheia, entre os ninhos dos patos e os canais de escoamento, e os colocamos sobre aquele corpo meio afundado na água. Juntamos pedras e raízes para que nem mesmo a cheia pudesse levá-lo embora.

— A gente tem que fechar os olhos dele — observou Maddalena enquanto deixava cair a última pedra, grande como um punho. — É isso que se faz com os mortos. Eu já vi em algum lugar.

— Não quero tocar nele.

— Tudo bem. Eu faço.

Apoiou a palma da mão naquele rosto esbranquiçado e usou o dedo médio e o polegar para abaixar as pálpebras dele.

De olhos fechados e boca aberta, com todos aqueles galhos e pedras que o cobriam, ele parecia alguém pego de surpresa à noite por um pesadelo do qual não consegue acordar.

Torcemos nossas saias e meias. Maddalena tirou o sapato que lhe restava e o enfiou no bolso. Fiz a mesma coisa com a minha calcinha: um trapo frouxo cheio de lama que peguei no chão.

— Agora preciso ir embora — avisou Maddalena.
— E quando vamos nos ver de novo?
— Logo.

Enquanto voltava para casa, com as meias rangendo dentro dos sapatos, eu pensava na época em que nada daquilo havia acontecido ainda. Fazia menos de um ano, minha saia estava seca e sem amassados, minha barriga pressionava a balaustrada da ponte dos Leões para olhar Maddalena de longe, e a única coisa que eu sabia sobre ela era que trazia desgraças. Eu ainda não havia aprendido que bastava uma palavra dela para decidir se alguém merecia ser salvo ou morto, voltar para casa com as meias encharcadas ou ficar dormindo para sempre com o rosto afundado na margem do rio.

Parte um

Onde começa e termina o mundo

I.

Todos a chamavam de Maldita e ninguém gostava dela.

Dizer o nome dela trazia azar. Era uma bruxa, uma daquelas que grudam o hálito da morte no corpo da pessoa. Tinha o demônio dentro de si, e eu não deveria falar com ela.

Eu a olhava de longe aos domingos, quando mamãe me enfiava os sapatos que feriam os calcanhares, as meias cheias de relevos e meu melhor vestido, que eu devia tomar cuidado para não sujar. O suor escorria pela minha nuca e o atrito constante assava minhas coxas.

A Maldita estava lá embaixo no Lambro, com os meninos, dois garotos que eu só conhecia de nome: Filippo Colombo, que tinha braços e pernas que pareciam ossinhos de frango, e Matteo Fossati, com as costas e o peito semelhantes aos pedaços de carne gordurosos do mercado da via San Francesco. Ambos usavam calças curtas, tinham os joelhos cheios de arranhões e, por ela, que era mais nova e uma menina, estariam dispostos a levar tiros na barriga, como os soldados que vão para a guerra, e depois dizer ao Senhor: "Morri feliz."

Mantinha a barra da saia, desbotada pelo sol e pela sujeira, enrolada e presa com um cinto masculino na cintura, os pés descalços firmemente plantados nas rochas quentes de sol. Uma garota nunca deve mostrar as pernas. As dela estavam nuas e riscadas de lama, que lhe manchava as panturrilhas e as coxas.

Ela tinha crostas que pareciam as feridas não tratadas dos cães. Ria enquanto apertava um peixe que queria saltar para longe dos seus dedos. Os meninos aplaudiam e batiam os pés na água escura do rio, fazendo-a espirrar por toda parte, e eu os observava do alto enquanto íamos à missa das onze, que, para mamãe, era a das "pessoas de bem".

Papai ia na frente e não nos dava atenção. Caminhava com o chapéu que lhe cobria levemente a nuca, o passo ligeiro, as mãos atrás das costas, uma agarrando o pulso da outra.

Minha mãe me empurrava e dizia:

— Vamos nos atrasar. — Apontando para além do parapeito da ponte, comentava: — Malcriados.

Meu pai, ao contrário, não dizia nada. Não gostava de dar broncas, mas eu sabia, e mamãe ainda mais do que eu, que, se nos afastássemos dele mais do que alguns passos e por culpa nossa todos chegássemos atrasados à missa, aquele seria um domingo de silêncios, de portas batendo e dentes rangendo no bocal do cachimbo por trás da *Domenica del Corriere*.

Eu tinha que me esforçar para desviar o olhar das crianças lá embaixo no rio, com as quais eu não me assemelhava e sempre havia espiado.

Naquele domingo, porém, pela primeira vez, a Maldita me fitou com aqueles olhos brilhantes e negros. Depois, abriu um sorriso.

Fiquei sem fôlego e cerrei as pálpebras, para em seguida correr na direção do meu pai, já subindo a rua de acesso à catedral. Fiquei ao lado e ele nem se deu conta. Os poucos carros que passavam nos obrigavam a pressionar as costas contra as vitrines do armarinho e da confeitaria, de onde saía o cheiro quente de baunilha. No cartaz estava escrito: BANDEJA DE DOCES POR CINCO LIRAS.

Naquele momento passou o Fiat Balilla preto de Roberto Colombo, que trabalhava na prefeitura e, como papai dizia com o tom que empregava para assuntos sérios, "conhecia pessoas muito importantes". O sr. Colombo tinha dois filhos varões, a quem a sra. Colombo fazia que penteassem o cabelo partido no meio, e estava calçando botas pretas de cano alto. Quando as velhas da igreja revelaram que o caçula dele passava o dia inteiro com os pés no rio ao lado da Maldita, dizem que ele virou à força uma garrafa de óleo de rícino na goela do menino e deixou-lhe o traseiro vermelho de tantas chibatadas.

Durante alguns domingos, espiei da ponte Matteo e a Maldita sozinhos — Filippo estava na igreja, no mesmo banco do pai, a meio metro de distância dele, com a camisa abotoada até o pescoço e os mocassins limpos. Fiquei secretamente feliz. Então, um dia, Filippo voltou a se sujar de lama, e os pais e o irmão mais velho dele começaram a se sentar mais afastados uns dos outros na missa, para que o lugar vazio deixado pelo caçula desse menos na vista.

O sr. Colombo mantinha o carro sempre brilhando, a parte dianteira igual a um focinho de tubarão de dentes afiadíssimos. Estacionava na praça da catedral para entrar logo na igreja, como se andar fosse desgastar demais os sapatos dele.

Meu pai comprimiu os lábios como se houvesse resíduos de tabaco entre os dentes.

— A nossa ruína. Essas coisas horríveis serão a nossa ruína — dizia ele. — Não havia nada que ele odiasse mais do que carros. — As pessoas querem andar depressa, por isso ninguém mais usa chapéu.

No entanto, se via o sr. Colombo, cumprimentava-o com elegância, tocando na aba do Fedora de feltro cinza.

Ao entrarmos na igreja, o calor abafado que chegara duas semanas antes do início do verão desapareceu. Só havia o cheiro bolorento de incenso que subia à cabeça e escorria até o calcanhar; era uma sensação parecida com o medo do escuro. Mamãe estava de mãos dadas comigo e eu só pisava no mármore branco, porque o Jesus de bronze e ouro no fundo do altar não parava de me olhar e, se eu errasse e pisasse no mármore preto, iria para o inferno.

Na nave central, ecoavam os cicios das orações e o estalido úmido da saliva das velhas que rezavam com as costas curvadas, a cabeça coberta por um véu que escondia as orelhas. Nós nos sentávamos sempre nas filas dianteiras e tínhamos que ficar calados o tempo todo, exceto para responder aos salmos, dizer "Amém" e "*Mea culpa, mea maxima culpa*". O padre falava dos pecados que nos mandam para o inferno e eu pensava nos peixes de barriga prateada, nos garotos descalços no Lambro e no olhar da Maldita.

Mamãe recitava o *Pater Noster* com o rosto entre as mãos, a ponta dos dedos sobre as pálpebras, enquanto eu observava um prego que despontava da madeira do genuflexório. Quando o padre ergueu o Corpo de Cristo, deixei-me cair para a frente, como as velhas faziam.

Procurei o prego com uma das pernas e joguei em cima dele todo o peso. Entrelacei as mãos e as apertei contra a boca, pressionei os nós dos dedos contra os dentes e raspei com força o joelho no prego enquanto recitava o *Gloria*. Esfreguei com intensidade até a dor penetrar na minha nuca como algo incandescente e liso.

Eu também queria ter as rótulas marcadas como as dos garotos no Lambro. Também queria sentir a água do rio correndo por entre os dedos dos pés e mostrar as pernas riscadas de lama. Queria que eles batessem as mãos e os pés na água por mim.

2.

A Maldita caminhava pelas ruas do centro arrastando as sandálias gastas nas pedras, o queixo erguido e acompanhada por dois garotos mais velhos. Enquanto passava, as mulheres diziam entre dentes um "deusmelivre" e faziam um frenético sinal da cruz, já os homens cuspiam no chão. Então ela ria alto e punha a língua para fora, depois fazia uma reverência, como se fosse grata por aquelas ofensas.

Com o cabelo corvino mal cortado, como se alguém tivesse usado para a tarefa uma cuia e um facão de carne, olhos escuros e brilhantes como os de um gato e pernas ágeis e finas, ela parecia a criatura mais bonita que eu já tinha visto.

A primeira vez que falou comigo foi quatro dias depois do domingo em que nossos olhares se cruzaram na balaustrada da ponte.

Era 6 de junho de 1935, festa de São Gerardo. A praça em frente à igreja e o adro com os arcos e as sacadas estavam enfeitados com faixas e guirlandas, e também lotados como se fosse Páscoa. Seguíamos todos em procissão para saudar o corpo do Santo, fazendo o sinal da cruz e beijando a ponta dos dedos antes de apoiá-los no relicário com o esqueleto vestido de ouro, depois voltávamos para a luz da praça a fim de respirar.

Os sinos gemiam e as nuvens estavam inchadas de calor. Sob os pórticos e dentro do claustro, à sombra das amoreiras, os ambulantes vendiam balas e brinquedos de lata ao lado do tiro ao alvo. O sr. Tresoldi, o quitandeiro, esperava os clientes de braços cruzados atrás da barraquinha de cerejas.

Tinha uma expressão maligna e cheirava a toalhas mofadas. Gritava "cerejas, cerejas, um saco por três liras" com as mãos fortes apoiadas no balcão. O filho, Noè, que trazia no rosto os sinais dos acessos de ira do pai, empilhava os caixotes de madeira ao lado das colunas. Noè mantinha as mangas da camisa arregaçadas acima dos cotovelos, como um homem-feito, embora fosse só três anos mais velho do que eu e não tivessem permitido que ele terminasse a escola. Diziam que o quitandeiro sempre odiara aquele filho. Uma prova disso era o nome que havia escolhido para ele. Noè chegara junto com a cheia do Lambro, em novembro. O rio havia transbordado, fazendo ruir as pontes e alagando os porões. Ele, ao nascer, fez a mãe se esvair em sangue e se salvou sozinho, como Noé, que levou embora em sua arca apenas os animais, sem pensar nos outros seres humanos que o Senhor abandonava sob o dilúvio.

No dia de São Gerardo, sentia-se o calor arrogante do meio-dia, aquele tipo de calor que, nos dias de festa, dividia as mulheres da cidade em dois grupos que atentavam para não se misturar: quem podia se dar ao luxo de usar luvas brancas e um vestido de seda leve de bolinhas, até os joelhos, e quem usava o mesmo vestido nos casamentos e comunhões do outono, não importava qual fosse a estação. Havia também as empregadas, uniformizadas e apressadas, com a bolsa de compras pendurada no braço, que passavam do outro lado da rua e espiavam as barraquinhas de longe, apertando a lista de compras.

Minha mãe estava de mãos dadas comigo, usava um chapeuzinho de palha envernizado de rosa, duro, com uma fita que lhe caía no rosto. Tinha comprado cachos de cerejas de papel machê no armarinho e os trançara na palha com arame. Buscava causar inveja nas outras mulheres, especialmente nas que circulavam com a cabeça descoberta e só podiam olhar, pois um saquinho de cerejas na barraca do quitandeiro era caro demais.

Para minha mãe não bastava fazer as mulheres dos operários virarem a cabeça, ela também sorria para os maridos delas. Meu pai estava em pé, o paletó pendurado nas costas, diante do tiro ao alvo. Ao lado dele, com uma espingarda de lata apontada para as silhuetas, estava o sr. Colombo, a quem todos cumprimentavam erguendo o braço esticado, os dedos retesados. Papai havia tirado o chapéu e o segurava, futucando-o com as unhas; o sr. Colombo estava concentrado, tentando acertar as figuras de metal com uma rolha de cortiça, como se atirasse em meio a uma guerra de verdade e não em meio a uma de brincadeira. Vestia uma camisa preta cheia de medalhas na altura do coração e, de vez em quando, roçava o polegar no distintivo com as cores da bandeira e a sigla do Partido Nacional Fascista, como se quisesse se certificar de que ainda estava certinho.

A pouca distância, diante do balcão dos doces, de onde vinha o aroma de mel e filhós, o sr. Fossati, usando a velha regata amarelada nas axilas, mantinha os polegares no cinto. Ria e indicava o tiro ao alvo, cercado de homens com as bochechas já coradas de vinho. Dizia sempre que Colombo tinha escarafunchado a urna dos mortos para arranjar aquelas medalhas, que fingia ter conquistado sabe-se lá em que batalha, mas que, no máximo, eram prêmios de competições amadoras ou relíquias dos avós. Bugigangas. Dizia também que Colombo era apenas uma criança impaciente para brincar de guerra, mas que nunca havia visto uma espingarda de verdade. Colombo, por sua vez, sempre dizia que a única coisa que Fossati sabia fazer com a paz era bebê-la com Lambrusco na taberna de San Gerardo e depois vomitá-la atrás dos moinhos. Todos sabiam dessas coisas, até nós, crianças, pois o que acontecia nas famílias dos outros era o assunto preferido do almoço de domingo, quando convidávamos os amigos e ficávamos sentados à mesa até o fim da refeição porque precisávamos "nos comportar como pessoas educadas".

— Compra cereja para mim? — Puxei a mão da minha mãe e apontei para a barraquinha do sr. Tresoldi.

— Você sabe muito bem o que seu pai disse.

Seu pai. Se alguém fazia alguma coisa que não a agradava ou que ela lamentava, tal coisa se tornava sempre responsabilidade alheia. "Seu pai diz que este ano não vamos viajar nas férias", ou "Seu pai quer que tenhamos apenas uma empregada". Eu também me tornava "sua filha" se eles tinham que me pôr de castigo, como um presente não apreciado que deve ser escondido no fundo do armário para depois ser esquecido.

— Posso pelo menos olhar?

— As cerejas? Tudo bem — respondeu e soltou minha mão. — Mas se comporte. Não toque em nada.

Arrumou os cabelos bem penteados e cheios de grampos embaixo do chapeuzinho e saiu em direção ao tiro ao alvo. Alcançou meu pai e o sr. Colombo, que ergueu a espingarda de brinquedo e indagou:

— Quer que eu ganhe alguma coisa para a senhora?

Encolhi os dedos dos pés dentro dos sapatos apertados e cerrei os punhos. Minha mãe riu, cobrindo a boca com a mão. O sr. Colombo roçou o quadril dela, como que sem querer. Os dedos dele acariciavam-lhe o cotovelo, e ele se virou para me olhar. Arqueava as sobrancelhas como Mussolini no retrato pendurado na sala de aula. E sorria. Senti os olhos daquele homem fixos em mim, e meu corpo se contraiu por inteiro. Saí correndo, com a vergonha atravessada na garganta.

Parei a poucos metros da barraca do sr. Tresoldi, atraída por aqueles saquinhos cheios de cerejas brilhantes e escuras, mas me mantive distante porque ele me amedrontava. Fiquei na sombra do teto da igreja, as mãos entrelaçadas às costas e as palavras da minha mãe na mente: "Não toque em nada."

— O que está fazendo? Olhando as cerejas? — Uma voz de corvo atrás de mim me sobressaltou.

Era a Maldita. Estava com as costas apoiadas na parede com o afresco de São Gerardo descascado, os bolsos do vestido esfarrapado cheios de pedras, e me esquadrinhava.

Fiquei sem fôlego e, de repente, o chão perdeu a consistência. Nunca havíamos ficado tão próximas.

Ela cheirava a rio, tinha uma cicatriz branca que começava embaixo do nariz e chegava à curva no meio dos lábios e uma mancha avermelhada e brilhante que saía da têmpora e invadia uma bochecha, até o queixo.

— O quê? — Percebi, constrangida, que estava gaguejando, como fazia quando era pequena e precisava recitar o alfabeto de cor, as freiras me corrigindo em seguida, batendo com uma vara nos meus dedos.

— As cerejas — respondeu. — Você quer?

— Não posso. Não tenho dinheiro.

— Não é verdade — falou, olhando para mim com superioridade, embora fosse um palmo inteiro mais baixa do que eu. — Você está vestida como uma menina rica. Até seus sapatos brilham. — E apontou para os meus pés, rindo. Tinha uma risada violenta e não se preocupava em escondê-la.

— E daí? — rebati, procurando manter o queixo erguido.

— E daí que você tem dinheiro para comprar cerejas.

— Eu, não — neguei. — Quem tem é meu pai. Mas ele não quer que eu compre cerejas.

— Por quê?

Olhei para os sapatos.

— Ele não quer e pronto.

— Por quê?

— E o que você tem a ver com isso?

— Então leva — afirmou de um só fôlego.
— Mas como? Eu já disse que não tenho dinheiro.
— Leva e pronto.

Em casa, tínhamos um crucifixo. Um daqueles grandes e escuros cuja madeira havia perdido o perfume e agora só cheirava a cera. Ficava no quarto dos meus pais, em cima da cama, junto das pias de prata para água benta e das fotos do casamento.
Os olhos do Jesus de madeira fitavam meu quarto quando meus pais deixavam a porta aberta, e eu, então, não conseguia mais dormir.
"Jesus está sempre olhando para você", dizia minha mãe depois de ter repetido mais uma vez as coisas que uma mocinha de bem podia ou não fazer. Quando eu tinha aquilo que ela chamava de "maus pensamentos", como pegar *gianduiotti* da doceira e depois esconder os papéis dourados no vaso em cima da mesinha de cabeceira, fazer manha na hora de ir para a cama ou tocar-me entre as pernas, lá onde causa tremores, antes de dormir, eu imaginava os olhos tristes do Jesus de madeira e parava, travada pelo medo e pelo sentimento de culpa que se esgueirava até me alcançar. Sentia-me suja e errada porque o Jesus de madeira podia perscrutar minha cabeça e ver meus pecados, até os que eu mantinha em segredo.
No dia em que a Maldita me dirigiu a palavra pela primeira vez e me disse que pegasse as cerejas, eu respondi:
— Não posso.
O mundo era feito de regras que não deviam ser quebradas. Era feito de coisas de adultos, enormes e perigosas, de erros irremediáveis que podiam levar você a morrer ou a ir parar na prisão. Era um lugar assustador, cheio de coisas proibidas, no qual você devia andar devagar e na ponta dos pés, tomando cuidado para não encostar em nada. Sobretudo se fosse mulher.

Aquela garotinha angulosa enrijeceu a mandíbula e disse:
— Olha. Só olha para mim.

Embora sentisse dentro de mim uma urgência que me apertava o estômago, fiz o que ela mandou. Eu vivia olhando para ela. Naquele momento, porém, era diferente: era ela quem estava pedindo.

A Maldita me deu as costas e avançou, até sair da sombra da igreja. Os cabelos corvinos brilhavam ao sol e ela ergueu a mão, como quando sabemos a resposta na aula. Assim que a baixou, de trás de uma coluna saíram Filippo Colombo, cabelos lisos e louros, e Matteo Fossati, grande e escuro, com uma regata encardida como a do pai — os garotos que, pela Maldita, batiam com os pés na água. Aproximaram-se da barraca do sr. Tresoldi, deram uma volta falando muito e chamando atenção. O quitandeiro estava dando uma bronca no filho, Noè.

— Caramba — dizia aos berros —, você parece que está dormindo em pé!

Noè aguentava calado enquanto continuava a empilhar caixotes vazios.

Filippo e Matteo se detiveram ao lado da barraca das cerejas, o sr. Tresoldi parou de xingar e os mirou com um brilho de ameaça nos olhos: pareciam duas avelãs sujas de polpa.

Matteo esticou uma das mãos na direção de um saquinho de cerejas, pegou uma pelo pedúnculo e a encostou nos lábios, em um gesto lento. Filippo hesitava, então Matteo lhe deu uma cotovelada nos rins e ele se dobrou como um ossinho quebrado, depois pegou uma cereja e a pôs na boca rapidamente, cheio de medo.

— Trombadinhas! — gritou o sr. Tresoldi.

Enfiou a mão embaixo do balcão, tirou um bastão comprido, como os que são usados para puxar as cortinas para baixo, e o varejou em uma coluna. Com aquele som, Noè se sobressaltou e a pilha de caixotes que ele estava empilhando desmoronou.

Os dois garotos começaram a correr por entre as saias das senhoras e as guirlandas da festa, rindo. O sr. Tresoldi saiu de trás da barraca e os seguiu, cego de raiva. Mancava apoiando-se na bengala, que agitava no alto quando parava para se apoiar em uma coluna. No último inverno, cortaram-lhe os dedos de um dos pés após ele ter adormecido no meio da neve com uma garrafa na mão.

Nada me dava mais medo do que os dedos deteriorados e negros decepados do sr. Tresoldi. Diziam que ele os tinha dado como alimento para os gansos no pátio, os quais, desde então, se tornaram gulosos.

O sr. Tresoldi mancava em meio à multidão e Noè recolhia os caixotes caídos. A Maldita deslizou na direção do balcão, agarrou um saquinho de cerejas e foi embora sem correr, ultrapassando os pórticos rumo à rua, com a inocência de uma santa.

Eu a observei desaparecer entre as pessoas e descobri, quase com despeito, que não havia morrido.

Nenhuma telha tinha caído do teto e quebrado meu crânio, nenhum aperto nos pulmões me sufocava, nenhuma parada cardíaca repentina. Eu havia falado com a Maldita, fitei-a nos olhos, e o demônio não tinha arrancado minha alma à força pelas orelhas.

Quando o quitandeiro voltou, com a testa molhada de suor, notou o vazio deixado pelo saquinho roubado pela Maldita e praguejou. Olhou ao redor e procurou até no ar, como se aquele saquinho tivesse sido levado pelos anjos. Bateu com o pé saudável no chão, pegou Noè pelo colarinho da camisa imunda e praguejou mais uma vez, como se quisesse encobrir o barulho dos tapas que dava no garoto.

— Posso saber onde você estava? — gritou. Noè protegia o rosto com os braços erguidos, que o pai continuava a golpear. — Tinha outro aqui e você deixou que escapasse bem debaixo do seu nariz, desgraçado!

Tomei coragem e me aproximei da barraquinha de cerejas:

— Eu vi tudo — falei. Precisei repetir para que o sr. Tresoldi se virasse para mim, o rosto parecendo uma *focaccia* esquecida ao sol.

— Você é a filha dos Strada — afirmou. Soltou a camisa de Noè, que perdeu o equilíbrio e caiu. — Então? Para onde ele foi?

Apontei para os fundos da igreja, na direção do claustro, e disse:

— Para lá.

Não acrescentei mais nada porque sentia dificuldade em mentir, eu tropeçava nas palavras.

O sr. Tresoldi saiu mancando em direção ao claustro. Eu o vi sumir na sombra da abside até os passos não poderem mais ser ouvidos.

Eu estava respirando com dificuldade, pela boca, à espera de que, por causa daquela mentira, a praça rachasse e me engolisse, ou que algo invencível, como uma enorme mão perfurada por um prego sujo de sangue, descesse do céu para me triturar.

Nada aconteceu. Talvez o Jesus de madeira tivesse se distraído e, no momento em que eu disse aquela mentira, não estivesse prestando atenção em mim. Ou talvez não fosse um pecado. E se nem sob os pés da Maldita a terra se abriu, então roubar cerejas do sr. Tresoldi também não era pecado. Se eu ainda não tinha morrido, nem por ter falado com a Maldita nem por ter omitido a verdade, então os adultos é que tinham contado mentiras para mim.

Noè havia se levantado e esfregava a manga da camisa nas bochechas e me olhava com um brilho estranho nos olhos.

Andei de costas, com a lentidão de quem brinca de esconde-esconde e precisa se mexer sem ser descoberto. Depois, de repente, comecei a correr para longe dos pórticos e dos enfeites da festa, onde a multidão, aos poucos, se dispersava ao longo da rua que desembocava na margem do Lambro.

Eu os avistei de longe: três figuras que se destacavam no azul do céu, sentadas no parapeito da ponte de San Gerardino, a qual ficava diante da praça da igreja pintada de branco e ia dar na rua das tabernas.

Aproximei-me. A Maldita estava com as pernas penduradas no vazio sobre a água escura e apontava para a estátua do santo que havia sido amarrada no meio do rio, fazendo-a boiar em uma pequena jangada: São Gerardo era feito de madeira e tinha um saquinho de cerejas apoiado ao lado. Estava vestido como um frade, ajoelhado sobre um manto de agulhas de pinheiro. Meu pai tinha me contado a lenda do milagre, o milagre do manto usado como uma jangada para levar comida aos doentes durante uma cheia, no ano em que a ponte havia ruído. É por isso que, para a festa em homenagem a ele, colocavam a estátua no rio. As cerejas se referiam a outro milagre: à ocasião em que ele as fizera aparecer no inverno, quando neva e as árvores não dão frutos.

No parapeito de pedra, estava o saquinho de cerejas roubado, mais da metade já comida. Perto da Maldita, como nos retábulos dos santos nos altares, à esquerda e à direita da Virgem Maria, estavam os dois garotos.

A Maldita mastigava como os homens, fazendo barulho e com a boca aberta. Depois inclinava as costas e os ombros para trás e cuspia o caroço longe, no meio da água do rio. Apontava o dedo para a estátua do santo ou para a cascatinha mais ao fundo, com os galhos e a lama escura que incrustavam a roda do moinho, e ria. Os garotos riam com ela e competiam para ver quem cuspia o caroço mais longe, balançando as pernas para fora do parapeito.

— Também quero uma — falei.

Viraram-se todos juntos.

— Vocês têm que me dar uma cereja.

Matteo e Filippo me esquadrinharam como se eu fosse uma coisa podre, depois se viraram para a Maldita. Foi ela quem falou:

— E por quê?

— Porque ajudei você.

— Não é verdade.

— É, sim.

— Fomos nós que pegamos as cerejas. Você só ficou olhando — retrucou a Maldita.

— Não é verdade — repliquei. — O sr. Tresoldi voltou e contei uma mentira, senão ele iria encontrar vocês.

— Então as senhoritas bem-vestidas também sabem contar mentiras.

Apertei o tecido da saia, enquanto ela perguntava:

— E o que você disse?

— Que tinha ido para o outro lado. Para o claustro.

— Quem?

— O ladrão.

— Você acha que eu sou uma ladra? — Os olhos negros da Maldita me perfuravam.

— Você pegou as cerejas — falei. Acontece que aquela pergunta, que parecia fácil, lembrava os problemas nos quais você resolve uma operação e logo deve fazer outra e mais outra, sem nunca chegar à solução, e então recomeça tudo. — E não deixou dinheiro para ele — continuei, cautelosa, fitando os lábios dela sujos de suco. — E isso significa roubar.

Ela fez o caroço rodar pela boca e o cuspiu na mão.

— Sabe o que tinha lá antes, no lugar da loja do sr. Tresoldi? — indagou.

Fiz que não com a cabeça. Matteo e Filippo continuavam a comer as cerejas e a jogar os caroços no rio.

A loja do sr. Tresoldi ficava na esquina da via Vittorio Emanuele, em frente à tabacaria. Depois do rosário, as senhoras do bairro iam fazer compras na loja dele. Ele morava nos fundos, e em uma parte do pátio mantinha um cão de pelos ralos, de gengivas vermelhas, preso por uma corrente, além de capoeiras com gansos e galinhas.

A Maldita brincou com um pedúnculo.

— Tinha um açougue. Com ganchos para carne, uma máquina de fatiar e tudo o mais. Mas expulsaram o dono para o quitandeiro abrir aquela loja.

Matteo assumiu uma expressão sombria, depois se virou e olhou atentamente para a água escura.

— Por quê? — perguntei.

— Porque se você não ficar atento os fascistas levam até sua cueca — respondeu Matteo.

Ao ouvir aquelas palavras, Filippo teve um sobressalto, depois levou um punho até os lábios e começou a morder os nós dos dedos, como se aquela história do açougueiro cuja loja tinha sido surrupiada fosse culpa dele.

A Maldita anuiu, solene, pegou um punhado de cerejas e as mastigou depressa. Cuspiu os caroços todos juntos: fizeram um som de granizo ao bater nas pedras.

— Você sabe fazer isso?

— Não.

— Tenta — desafiou-me, abrindo espaço para mim ao lado dela no murinho. Apoiei as mãos no parapeito e tentei subir com um impulso, mas era alto demais e eu ficava caindo. Filippo, que balançava o pedúnculo de uma cereja no espaço entre os dentes da frente, começou a rir.

— Ela não consegue — zombou, mas a Maldita o calou com um olhar e me ajudou a subir, puxando-me pelas axilas.

Ajeitou o saquinho das cerejas entre as coxas e disse:

— Pega uma e depois cospe o caroço o mais longe que conseguir.

Obedeci. Na boca, a cereja era macia e tinha um leve gosto de terra.

— Se você engolir o caroço, pode até morrer.

— Eu sei — respondi enquanto mastigava com cuidado e procurava o caroço com os dentes —, não vou engolir, não.

— Agora olha para mim, é assim que tem que fazer.

Atenta, eu a estudei curvar as costas para trás e comprimir os lábios preparando-se para cuspir longe. Tentei fazer a mesma coisa, mas enquanto os caroços dela, e também os de Matteo e Filippo, iam parar na água, perto da estátua de São Gerardo, e até estalavam contra a madeira, os meus caíam ao lado das colunas da ponte.

— Não consigo.

— Você só precisa treinar. É fácil — tranquilizou-me ela. — Tenta outra vez.

Mastiguei bem, girei o caroço na boca até limpar toda a pátina suculenta e senti-lo liso contra o palato.

— Ei, vocês! — gritaram do outro lado da ponte.

Era o sr. Tresoldi, com as bochechas coradas, as mangas da camisa dobradas revelando braços grandes, cheios de pelos escuros.

— São vocês que roubam minhas cerejas, seus malditos?

A Maldita se assustou, mas rapidamente bateu no saquinho de cerejas e o fez cair no Lambro, limpando os lábios no dorso das mãos.

O sr. Tresoldi estava se aproximando e eu já conseguia sentir-lhe o mau hálito, e então percebi que era a única que ainda estava com o caroço entre os dentes e a língua.

— Foram vocês, não foram? Seus trombadinhas! Eu sei. São sempre vocês. Não adianta fingir. — Ele estava diante de nós, pomposo como o ogro das fábulas. — Abram a boca — mandou. — Agora.

A Maldita obedeceu e pôs a língua para fora. Filippo e Matteo fizeram a mesma coisa.

Eu sentia no palato a dureza do caroço e não tinha coragem nem de respirar.

O sr. Tresoldi ia ficando cada vez mais vermelho e furioso enquanto inspecionava as bocas vazias e limpas da Maldita e de Matteo: eles deviam ter passado a língua nos dentes para tirar a cor do suco. O filho do sr. Colombo, por sua vez, nem era levado em consideração, como se, por tê-lo chamado de trombadinha, o sr. Tresoldi estivesse com medo de ter desrespeitado um nome que não podia ser conspurcado. Depois se virou para mim.

— E você? Se não me disser quem roubou as cerejas, conto tudo para a sua mãe. E se não abrir agora mesmo a boca, vai ver só.

A Maldita e os dois garotos estavam me observando. Eles com uma expressão entre a diversão e o espanto, mas também com um medo de tirar o fôlego; ela com os olhos feito seixos de rio e o semblante sério.

Eu não queria que ela pensasse que eu estava com medo, e que nunca poderia ir pegar peixes com eles no Lambro. Pressionei a língua contra os dentes de baixo para recolher a saliva e engoli o caroço.

Talvez eu morresse, inchada e arroxeada, com falta de ar. Talvez fosse o que eu merecia. Na verdade, só senti um leve arranhão na garganta e uma dor fraca no peito, nada além disso. Minha boca estava vazia e seca. E eu, em frente ao quitandeiro — que gritava "Então, o que está esperando?" —, escancarei a minha boca e pus a língua para fora, exatamente como a Maldita havia feito.

Ele nos interrogou, um a um, com extrema lentidão, e virou-se para a praça como se estivesse procurando testemunhas que pudessem nos condenar. Eu tinha certeza de que se não fosse feriado, no meio de toda aquela gente ele teria arrancado nossa pele como fazia com os espinhos das alcachofras.

Ainda com raiva, voltou a olhar para mim.

— Não confie nela — disse, apontando para a Maldita e fazendo uma cara malvada. — Fique longe dela. Ou você também vai acabar com a cabeça quebrada.

3.

Quando falavam dela, faziam o sinal da cruz sobre os lábios ou um gesto zangado com a mão, como se estivessem afastando um marimbondo, quase como se a temessem. Os adultos falavam dela, uma garotinha que teria que repetir o ginásio, como de uma doença grave, de um pedaço de ferro oxidado que, se cortar a pele, causa febre alta e morte. Eu a via chegar ao parquinho e a espiava, tentando subir o mais alto possível com o balanço, enquanto minha mãe conversava com as amigas sentadas à sombra dos cedros, luvas brancas, os cabelos salpicados pelo sol que passava por entre as folhas. A mãe da Maldita nunca a acompanhava. Quem ia era o irmão mais velho dela, Ernesto, que tinha acabado de fazer 20 anos e ia até o centro de bicicleta, pedalando sem tocar no selim, mais rápido do que os carros, mesmo em uma subida, as pernas fortes. Ele tinha mãos grandes, o cabelo era escuro, e a poeira preta da fábrica grudava-lhe nos sulcos do rosto. Ernesto ficava afastado, no único banco, totalmente exposto ao sol. A irmã balançava nos galhos do carvalho e escalava mais alto do que os outros; ele fumava em silêncio e a vigiava.

Quando perguntei por que eu não podia ir me balançar com ela nas árvores, minha mãe agarrou meu pulso e disse que eu não devia ficar junto da Maldita, dava azar. Onde ela esteve, coisas ruins aconteceram, coisas que mamãe chamava, falando em voz baixa como costumava fazer com as palavras bonitas e difíceis, de "desgraças". As coisas que acontecem nas casas em que penduram a ferradura ao contrário, atraindo os problemas, em vez de afastá-los. "Perigosa como Satanás", dizia minha mãe imprimindo nas palavras o dialeto que ela quase não usava mais porque as outras senhoras a olhavam de cima a baixo e davam um risinho, cobrindo os lábios com a mão envolta na luva elegante.

— Não acredito — falei. — Por que ela não pode ser minha amiga?

Então minha mãe me contou a história do menino que havia caído da janela e não se levantou mais. Era uma daquelas histórias passadas de boca em boca entre as mães que descansavam à sombra, conversando ao ritmo do estalo dos leques. Uma daquelas histórias que se alimentam de palavras emprestadas, sussurradas às escondidas.

Havia acontecido quando a Maldita tinha 7 anos e estava brincando na cozinha com o irmão Dario, que só tinha 4 anos. A sra. Merlini, mãe dela, havia saído e os deixado sozinhos enquanto pedia emprestado um pouco de sal para a vizinha. Quando voltou, Dario havia sumido. Ela o procurou embaixo das camas, nos armários, entre a roupa suja e atrás das cortinas infladas pelo vento. Depois, perguntou para a menina, que havia ficado o tempo todo em pé observando-a:

— Cadê ele? Cadê seu irmão?

Ela levantou a mão e apontou para a janela.

— Não foi minha culpa — disse.

Então a sra. Merlini se debruçou e olhou para baixo.

Dario estava no pátio, quatro andares abaixo, com sangue escuro e brilhoso saindo pela boca e pelas orelhas.

4.

Minha mãe queria que eu tivesse medo daquela menininha suja para me forçar a não falar com ela. Por isso havia contado a história do irmãozinho que caiu da janela, e também contou de quando a colega de carteira da Maldita começou a berrar no meio de um ditado e bateu com a cabeça na mesa, várias vezes, até derrubar o tinteiro e sangrar pela têmpora enquanto a baba escorria da boca da garota. E de quando a régua de madeira que a professora tinha usado para bater na Maldita se partiu e uma farpa entrou na pele da mestra entre o indicador e o polegar, e o sangue esguichou no mapa da Itália. A ferida infeccionou e a professora correu risco de nunca mais poder escrever no quadro-negro.

Ela esperava que, depois de todas aquelas histórias assustadoras e cheias de sangue, eu parasse de procurar a Maldita, senão mais cedo ou mais tarde a garota acabaria me lançando uma maldição, pois era isso que as bruxas faziam. Contudo, o efeito foi contrário; fez com que eu a sentisse mais próxima, porque a Maldita também teve um irmão que já não existia mais e talvez ela também sentisse o peso de ter ficado viva.

Sobre meu irmão, minha mãe dizia que não devíamos falar. As únicas vezes que pronunciávamos o nome dele eram no Dia de Finados e em 26 de abril, quando íamos deixar um maço de gladíolos sobre a lápide branca no fundo da aleia dos plátanos.

Quando ele nasceu, mamãe colocou no berço duas tangerinas e um saquinho de balas com papel colorido.

— A cegonha trouxe um menino para nós e docinhos para você.

Embora a cegonha não tivesse se esquecido de mim, eu o odiava. Ele fazia barulho demais, era vermelho e gordo e não sabia ficar em pé sozinho. Acordava gritando toda noite e mamãe estava sempre cansada. Dizia que eu também era assim quando pequena, mas eu não queria acreditar. A partir do momento em que ele chegou, deixei de existir.

Não fiquei triste no dia em que ele morreu e precisei forçar as lágrimas para não causar um desgosto aos meus pais. Ele havia ficado da cor das ameixas maduras e, a certa altura, não conseguiu mais respirar, como se tivesse engolido o caroço de uma cereja e ficado entalado. Depois que o médico nos disse que não havia salvação, mamãe mordeu os lençóis em desespero.

Se pedissem a mim que descrevesse minha mãe, de uma coisa eu tinha certeza: ela não era feliz. E não havia sido feliz nem mesmo antes que a doença estragasse os pulmões do menino que, por menos de um ano, foi meu irmão. Nos raros momentos em que estava tranquila, recitava as frases dos filmes a que havia assistido no cinematógrafo ou das peças de teatro no dialeto dela. Abria os armários, colocava os xales mais bonitos, com franjas ou flores de seda. Mostrava-me velhas fotos naqueles álbuns cujo papel farfalhava e nos quais eu não podia tocar porque senão rasgava e dizia:

— Veja a mamãe. Como ela era bonita. — Falava de mulheres que não eram mulheres de verdade, mas que, para ela, eram mais reais do que a professora da escola: Dido e Greta Garbo, Marlene Dietrich e Medeia. Todas lindas e trágicas.

— Antigamente eu também era como elas — dizia.

Tinha conhecido papai no Teatro Petrella de Nápoles, no período em que ele estava de férias com os primos e ela atuava em *Sposalizio*. Ela gostava de me contar como havia se deixado encantar por aquele homem que tinha nos olhos a cor da neblina do Norte e o qual, ela achava, a faria se tornar uma atriz do cinematógrafo. Àquela altura, dos antigos desejos só restava uma vaga sensação de tragédia. A beleza, por sua vez, havia desaparecido, porque o inchaço do ventre e das bochechas, que ela havia acumulado para dar a meu pai os filhos que ele queria, permanecera sob a carne por muito anos.

Os médicos disseram que a culpa tinha sido das férias na praia, que meu irmão havia pegado lá a doença que lhe paralisou os pulmões, fazendo-o afogar-se dentro de si mesmo. Depois daquele verão em que a poliomielite o devorara, não voltamos mais à praia e papai decidiu nos levar às montanhas "para respirar ar puro".

Minha mãe começou a se refugiar cada vez mais nos próprios silêncios: cuidava da aparência como se fosse um dever autoimposto. Seguia uma dieta rígida e usava os cabelos penteados *à la garçonne*, com pega-rapazes sobre as têmporas. Papai odiava. Dizia que uma mulher não devia ter cabelo curto, não ficava bem. Mamãe escondia as revistas de moda embaixo do colchão. Eram a sua Bíblia, a sua cartilha. Ficava na frente do espelho, sentada no pufe bordado, e lambia a ponta do indicador para testar a temperatura do modelador que usava para cachear as madeixas.

Meu pai quase não falava mais com ela. Ficavam calados e distantes como cães velhos que viveram no mesmo pátio, mas que já se cansaram do cheiro um do outro. Devia haver dias em que ele se lembrava de que já a amara, eu percebia pela maneira como ele oferecia o braço para ela descer a escada, pelo modo como se demorava no quarto enquanto ela amarrava as fitas do vestido. A fumaça do cachimbo escondia o rosto dele, o cabelo estava ficando ralo nas têmporas, onde a aba do chapéu Fedora que ele usava sempre, em todas as ocasiões, deixava um sulco. Quando estava nervoso, acariciava os nós dos dedos com movimentos circulares cada vez menores. Ficava pouco em casa, saía de manhã sem tomar café e voltava na hora do jantar, esgotado pelo dia passado na chapelaria.

Em casa, estávamos sempre entre mulheres: eu, minha mãe e as empregadas. Depois chegou a onda lenta da crise que, como papai dizia, veio dos Estados Unidos e daqueles bancos. Em março de 1932, tivemos que nos mudar para uma casa menor, na região do largo Mazzini, e ficamos só com Carla, que se queixava das pernas inchadas e tinha ar de camponesa, mas custava pouco.

Mamãe remendava sozinha os vestidos e ficava diante da penteadeira do quarto tentando manter a pose de madame, enquanto papai passava cada vez mais tempo na fábrica — os nós dos dedos dele haviam se tornado brilhantes e a ausência, irreparável.

Eu me escondia no armário, onde havia espaço suficiente para me encolher entre as camisas limpas e as barras de sabão. Depois que me certificava de que a porta estava fechada, restando apenas um fio de luz, eu enfiava a cara em uma camisa do papai e começava a gritar. Então me sentia melhor. Mas era por pouco tempo.

Sempre gostei de solidão, porém, quanto mais crescia eu mais notava que cada dia minha vida, em vez de crescer com meu corpo, meu peito e minhas coxas, se tornava menor, cada vez menor, até me fazer desaparecer.

Tudo mudou depois daquele dia em junho, quando, com medo de morrer, engoli o caroço de cereja e olhei para a Maldita.

Era a primeira vez que alguém me fitava diretamente e parecia me dizer: "Escolhi você."

5.

Deparei-me com ela ao pé da minha casa na manhã seguinte: usava um vestido grande demais, que deixava um ombro nu, e estava com uma velha bicicleta de corrida enferrujada, com o guidom retorcido como um par de chifres. Eu havia ido até a sacada depois de ter ouvido a voz dela gritando lá fora:
— Madame das cerejas, vem aqui.
Eu estava descalça, a camisola roçava meus tornozelos. Ela olhava para o alto com uma das mãos esticada sobre os olhos para se proteger da claridade.
— Oi — falou, batendo com a panturrilha no pedal.
— Como você soube onde eu moro?
— Sei um monte de coisas.
Continuei a olhar para ela, ainda agarrada ao parapeito.
— Então, vai descer ou não?
— Para quê?
— Para ir até o Lambro.
Hesitei.
— Juntas?
— Claro, senão por que eu viria até aqui?
De dentro da casa, eu ouvia os sons de Carla arrumando a cozinha e da máquina Singer chiando baixinho na sala. Minha mãe cantava em dialeto como uma soprano no teatro: "*Oje vita, oje vita mia, oje core 'e chistu core si' stata 'o primmo ammore e 'o primmo e ll'urdemo sarraje pe' me.*" Papai tinha saído antes que eu acordasse, deixando para trás apenas o cheiro seco do fumo para cachimbo que impregnava as cortinas e os tapetes.

Um bonde passou a um palmo das costas da Maldita, fazendo um ruído metálico e levantando-lhe a saia, mas ela nem pareceu notar.

— Você vem? — gritou, para ser ouvida por cima do barulho.

— Mamãe não deixa.

Eu podia ouvi-la: "Uma mocinha de bem só sai para cumprir compromissos ou ir à igreja."

— Não conta para ela.

Dei uma olhada na casa e, em seguida, saí. Eu poderia ter pegado uma cortina e usado para descer pela sacada, ou então escorregado pela calha, ou roubado a chave da bolsinha de minha mãe e saído sem que ninguém ouvisse. Pensei no que Sandokan teria feito, o Corsário Negro ou o Conde de Monte Cristo. Eles, contudo, continuavam em silêncio no meu quarto, nos livros de lombadas vermelhas, enredados nas respectivas aventuras em lugares distantes demais, enquanto eu estava ali, na sacada de casa só de camisola, incapaz de escalar qualquer coisa, até mesmo uma árvore. E eles eram homens, já eu não passava de uma mulher. E as mulheres eram feitas para serem salvas.

Olhei para a Maldita e disse:

— Não posso.

Ela coçou a mancha na lateral do rosto como se fosse uma ferida que tivesse voltado a arder e deu de ombros.

— Você que sabe.

Virou a bicicleta, pôs o pé no pedal e deu impulso. Disparou até o fim da rua do mercado pedalando sem encostar no selim, igual ao irmão, com as costas inclinadas, o vento inflando-lhe a saia. Enfiou-se entre dois grupos de donas de casa com sacolas de compras, dispersando-as como pombas assustadas, e desapareceu atrás do bloco compacto do bonde.

Voltei para dentro de casa, fechei a janela e puxei as cortinas. Do fundo da sala, minha mãe, diante da máquina de costura, levantou a cabeça, tirou o pé do pedal e perguntou:
— Quem era?
— Ninguém.
— Assim espero — aprovou, voltando ao trabalho. — Você ainda é muito nova para ter um pretendente — comentou, olhando para o tecido escarlate que mantinha esticado com os dedos. — É preciso saber se cuidar. Você ainda não é uma mulher, mas precisa tomar cuidado com os homens.
— Eu sei — respondi, embora não entendesse todas aquelas conversas de minha mãe sobre ser mulher. Um dia eu deixaria de ser o que era e me tornaria outra pessoa, talvez obcecada pelos bons modos, como ela. Aquele dia me parecia cheio de mistério e vergonha, dava medo.

Saí de fininho entre as floreiras com a aspidistra e a terra seca que mamãe se esquecia de molhar, pois as coisas em que menos prestava atenção eram as vivas. Precisei virar de lado para passar entre o grande móvel em rádica e a mesa com as patas de leão que ocupava a sala inteira.

Embora a casa só tivesse quatro cômodos, mamãe não quis abandonar nenhuma das nossas coisas, assim, o apartamento era tão abarrotado de móveis, estatuetas de estanho, panelas de cobre e imagens de Nossa Senhora entalhadas que parecia que estávamos dentro de um brechó. No entanto, cada objeto brilhava e não se via um grão de poeira.

Cheguei à cozinha. Carla misturava algo em uma cumbuca, os dedos lambuzados da massa de farinha, água e manteiga. Ela trazia um crucifixo de ouro no pescoço, era robusta e forte, só cobrava trinta liras por semana e, ao sorrir, exibia uma fileira de dentes limpos. Mamãe, no entanto, tinha vergonha do sotaque de Bérgamo, rude e granuloso, e das pernas atarracadas da nossa empregada.

— Está triste, minha menina? — perguntou ela com cadência dialetal e aquele sorriso que lhe iluminava o rosto.

Dei de ombros e balancei a cabeça.

Ela apertou minha bochecha com os dedos, deixando um rastro de farinha.

— Você pode se abrir comigo.

Fiquei calada, desenhando círculos no montinho de farinha que restava na mesa. Carla deu um longo suspiro e em seguida voltou a trabalhar a massa.

— Passa os ovos para mim — prosseguiu, apontando com o queixo a prateleira ao lado da pia, onde estavam a garrafa de leite, o pacote de farinha e uma embalagem de papelão com seis ovos. — E cuidado porque só tem esses.

Foi então que tive a ideia.

— Toma — falei e estiquei o braço na direção da mão que Carla estendia para mim, mas soltei antes da hora. Os ovos se espatifaram e a embalagem ficou toda lambuzada.

— Ah, meu Deus, o que você aprontou? Eu disse que eram os últimos! Agora o que vou dizer para a patroa?

Pedi desculpa e ofereci:

— Posso ir comprar.

Ela franziu a testa.

— E desde quando você sai para fazer compras?

Peguei o pano úmido pendurado na pia e me curvei.

— Deixa. Eu cuido disso — disse Carla. — Vai pedir para a patroa o dinheiro para os ovos porque a torta tem que estar pronta para o almoço.

Voltei para a sala quase sem respirar, aproximei-me da máquina de costura de mamãe, os pés descalços afundando no tapete. Ela só prestou atenção em mim quando eu já estava a um passo de distância. Parou de apertar o pedal e me examinou.

— O que foi agora?

— Carla disse que devo ir comprar ovos.

— Impossível. Diga a ela para procurar no armário, acabaram de chegar.

E pôs a Singer novamente para funcionar com uma carícia na roda e um aperto na pedaleira de ferro gusa.

Engoli um bolo de saliva e repliquei:

— Quebraram.

— Como assim, quebraram? — irrompeu minha mãe, batendo com a palma da mão na bancada.

— Fui eu, patroa. Me perdoe — assumiu Carla, espichando-se para fora da cozinha enquanto limpava as mãos no avental.

O rosto de minha mãe se contraiu. Sem dizer nada, levantou-se e se dirigiu com pequenos passos até o móvel com o espelho grande no corredor, enquanto ajustava o cinto do roupão.

Resmungando, procurava o porta-moedas na bolsa de couro de avestruz.

— Eu disse ao seu pai que devíamos ter ficado com a Lucia, e não com a Carla. Essa aí só sabe arrumar confusão. É uma vergonha — concluiu, pegando a bolsinha. Jogou na minha mão a moeda de cinco liras com o desenho da águia: — Bem, aproveita e compra a embalagem com uma dúzia. Diz ao quitandeiro que fui eu que mandei você e que esse dinheiro tem que dar. E anda logo.

Antes de correr até o quarto e me vestir, olhei de relance para a porta da cozinha, onde Carla me observava da soleira. Articulei um obrigado sem som, segurando com força a moeda de prata e sentindo uma culpa pegajosa como claras cruas.

Lá fora, o sol ardia e não ventava.

As ruas estavam cheias, dava para sentir o cheiro de suor, ouvir o vozerio dos grupinhos perto das lojas e o barulho metálico do bonde a caminho do centro.

Eu havia posto o vestido com estampa de folhas de carvalho e, no pescoço, o cordãozinho de ouro da comunhão. Caminhava com passos velozes pela via Vittorio Emanuele e penteava os cabelos com os dedos. Pela primeira vez, eu queria que dissessem meu nome e apontassem na minha direção sussurrando "Como ela ficou bonita!".

Eu estava com vergonha de passar em frente à loja do sr. Tresoldi. Cruzei aquele pedaço da calçada com a mão no rosto e os ombros curvados. Depois comecei a correr: no fim da rua, ficavam os dois leões de pedra com as patas cruzadas que olhavam para mim das colunas ao lado da ponte.

Debrucei-me no parapeito e olhei para baixo, entre as pedras e a água do Lambro, que naquela estação era um fio escuro e estreito. Estavam todos lá: Filippo com os pés na água, os sapatos tombados na margem e as meias emboladas dentro deles, uma das mãos cheia de pedras, que ele atirava horizontalmente no rio. Matteo afundava um galho grande no meio dos seixos respingados de lama e a Maldita estava sentada, examinando a parte interna de um regador de metal.

Ela foi a primeira a me ver. Levantou a mão e falou apenas:
— Desce.
Como se estivesse me esperando.
— Por onde?
Ela indicou um lado da margem no qual a hera era densa e as pedras haviam desabado.
— Não consigo descer por ali.
— Consegue, sim. — E voltou a remexer no regador, enfiando a mão lá dentro.

Virei-me para ver as pessoas que passavam, mas ninguém estava prestando atenção em mim ou nos garotos lá embaixo no Lambro.

Transpus a ponte mantendo-me rente à balaustrada, que ia se estreitando, deixando espaço suficiente entre as colunas para que alguém passasse por ali. Cheguei ao ponto onde o muro da margem havia ruído e faltavam tijolos. Com cuidado, eu poderia encaixar os pés nos pontos em que os galhos da hera se cruzavam e ir até lá embaixo. Mas eu nunca havia feito nada assim e, dali até o chão, a distância era suficiente para, no caso de queda, abrir a cabeça como um ovo e não voltar mais para casa.

— Vocês têm certeza de que não tem outro jeito? — gritei.

Filippo e Matteo começaram a rir e logo depois voltaram a fazer o que estavam fazendo como se não houvesse nada de mais importante no mundo do que atirar pedras na água e cavar a lama com um pedaço de pau. A Maldita parecia ter se esquecido de mim: dali, eu só conseguia ver-lhe as costas, as escápulas angulosas que despontavam do decote do vestido.

Então respirei fundo e rezei. Com pressa e sem prometer a Jesus nada em troca. Afinal, eu não estava pedindo um milagre: só que não caísse ou que, pelo menos, a Maldita não se virasse e risse de mim.

Agarrei-me às pequenas colunas de pedra, as pernas penduradas. Tentei esticar uma delas, mas eu ainda não alcançava os galhos. Virei-me de costas para o rio e comecei a descer, lentamente, procurando às cegas onde apoiar os pés. Voltei a respirar, depois olhei para baixo e fiquei enjoada, então estiquei o pescoço enquanto o fedor da água escura e da lama entravam no meu nariz.

Quando cheguei ao chão, os joelhos cederam. Eu me levantei e limpei a poeira da saia. A Maldita me viu avançar com dificuldade entre os seixos e abriu novamente o sorriso com que havia me observado no dia anterior na ponte de San Gerardino. Ficou de pé e enxugou a palma das mãos nas coxas.

— Eu sabia que você vinha.

— Eu também — disse Filippo e atirou outra pedra, que quicou duas vezes antes de ser engolida pela água.

— É mentira — emendou Matteo.
— Nada disso.
— É, sim. — Matteo usou a vareta para afastar uma pedra, virá-la e revelar a terra negra e molhada, trabalhada pelas minhocas.
— É você que dizia que ela não tinha coragem — replicou Filippo.
— E você falou que ela com certeza tinha morrido.
— Como assim? — perguntei, o coração na boca.
— Foi ele quem disse. — Matteo levantou a vareta para indicar Filippo e respingou terra na camisa limpa do amigo.
Filippo atirou outra pedra.
— Meu pai diz que se você come caroços de frutas nasce uma planta na sua barriga que sai pelas orelhas e pelo nariz e você não consegue mais respirar. A mesma coisa acontece com os mentirosos.
A Maldita deve ter percebido o assombro nos meus olhos, pois se aproximou e deu um soco nas costas de Filippo.
— Cala a boca, você não sabe nada.
Filippo uivou como um cão e massageou entre o úmero e a clavícula, mordendo o lábio inferior com os dentes separados por um espaço suficientemente grande para passar um dedo.
Matteo riu e falou:
— Você é delicado como uma menina.
A Maldita foi em direção a ele, arrancou-lhe a vareta das mãos e bateu-lhe nos tornozelos, fazendo-o cair de bunda. Ele ganiu baixinho enquanto ela jogava fora a vareta e voltava a me olhar.
— Então, você vem com a gente?
— Com vocês? Aonde?
— Vou mostrar.
Foi pegar o regador. Encaixou-o na dobra do cotovelo e o levantou sem esforço.

— E as minhocas? — perguntou Matteo, apontando com o queixo o buraco de terra escura.

— Não precisa mais — atalhou a Maldita. — Estes aqui já bastam.

Curvou-se para pegar as sandálias e usou as tiras de couro para pendurá-las em volta do pescoço, depois começou a andar ao longo da margem, deixando a ponte para trás. Levava com ela o regador, curvada para o lado de modo a aguentar o peso. Matteo e Filippo a seguiram: um pegou os sapatos e o outro, a vareta. Nenhum dos dois se ofereceu para carregar aquele peso para ela.

Eu também saí correndo atrás dela e a alcancei. Com meus sapatos de sola lisa e meias limpas, eu me sentia deslocada, mas me esforcei para ostentar um tom seguro, como o dela, e perguntei:

— O que tem aí dentro?

— Peixes — respondeu a Maldita —, mas hoje só pegamos três.

— E o que vão fazer com eles? — perguntei, espiando a faixa de água escura onde se mexiam centelhas prateadas.

— Servem para pegar lagartos.

— Os peixes?

— Sim, os peixes.

— E o que os peixes têm a ver com os lagartos?

— Os peixes são para os gatos — especificou ela, como se estivesse dizendo que o céu ficava no alto e a terra, embaixo.

— Gatos?

— Depois você vai entender — disse e acelerou o passo, até que eu só conseguia ver-lhe as costas, o regador que lhe batia no quadril e as pegadas molhadas que ela deixava nas pedras.

Avançamos em silêncio, como em uma procissão, a Maldita na frente e nós, atrás. Quando ela se virava para se certificar da nossa presença, eu avistava a marca na têmpora dela, entre o olho e a orelha, a qual descia até o queixo. Papai tinha dito que se chamava "angioma" e significava que, embaixo da pele, ela estava doente. Mamãe tinha dito que era a marca dos lábios do demônio e que pensar na Maldita era pecado. Qualquer outra pessoa teria escondido com o cabelo aquele sinal que podia ser uma doença e uma maldição ao mesmo tempo. Ela, não.

À nossa volta, havia os ruídos da vida do Lambro que me assustavam: o farfalhar dos ratos, a grasnada rouca dos patos e o gotejar da água dilatado pelo eco, na sombra úmida das pontes.

A Maldita parou assim que chegamos ao lugar que chamávamos de "a descida da cascata", o ponto em que o leito do Lambro se curvava, formava uma inclinação em forma de meia-lua e, na cheia, gorgolejava e espumava. Naquele momento, porém, na seca, o rio se dividia em córregos estreitos. A Maldita pôs o regador no chão e apontou adiante. Era ali, nos espaços com pedras secas em que crescia o mato selvagem, que estavam os gatos. Alguns se espreguiçavam sobre a pedra quente, outros perambulavam pelo mato alto e sibilavam.

— Agora presta atenção — disse a Maldita.

Arregaçou a manga do vestido e remexeu no regador. Agarrou um dos peixes, apertou-o e, em seguida, aproximou-se dos gatos lentamente.

Fiquei observando enquanto ela se curvava. Chegou perto de um dos gatos, preto como pão carbonizado e com olhos brilhantes e brancos, que levantou o rabo. Entre os dentes, tinha um lagarto gordo, de um verde luminoso. A Maldita ergueu o peixe e o ofereceu ao animal, que soltou o lagarto e saltou para o alto no momento em que ela jogava o peixe longe. O gato pulou e a Maldita fez a mesma coisa com movimentos rápidos. Lançou-se no meio do mato, depois se levantou.

— Olha só que grande! — gritou, enquanto o lagarto se debatia no punho que ela mantinha cerrado.

Com a outra mão, ela pegou a cauda e a arrancou. Segurou-a entre o indicador e o polegar, e a cauda continuava a se enrolar em volta dos dedos dela.

Filippo e Matteo enfiaram as mãos no regador.

— Agora vou pegar um maior ainda — desafiou-a Filippo.

— Até parece, você deixa todos fugirem — replicou Matteo, soltando uma risada forte e levantando um dos peixes.

Enquanto isso, Filippo se atrapalhava, remexendo no regador.

Matteo e a Maldita se lançaram pela descida, dando cotoveladas um no outro, e não dava para entender se estavam competindo para ver quem capturava mais lagartos ou quem ficava mais cheio de arranhões de gatos.

Voltaram com as mãos cheias de rabos de lagartos, esticando os braços para comparar as feridas um com a do outro e contá-las. Filippo, por sua vez, estava com as mangas da camisa molhadas e as mãos vazias. Ficava afastado, chutando os tufos de mato e afugentando os gatos.

— E o que você vai fazer com isso?

— Eu guardo como troféus — respondeu a Maldita, e enfiou os rabos no bolso.

— Onde você guarda?

— Embaixo da cama. Em um vidro com vinagre — explicou. Passou dois dedos sobre um arranhão, chupou-lhes a ponta e depois me perguntou: — Quer tentar também?

— Acho que não consigo.

— Você está com medo. É uma menina — disse Matteo, cuspindo aquela palavra como se fosse um naco de gordura da carne que, por mais que você se esforce, não consegue engolir.

A Maldita, ele não chamava daquela maneira.

— Não é verdade — rebati com raiva.

A Maldita abriu um sorriso atrevido e disse:

— Prova.

— Vocês não querem brincar de outra coisa? — arrisquei, esquivando-me do olhar dela.

— Brincar de quê? — perguntou Filippo, que talvez fosse o primeiro a querer se divertir de outra forma que não com aquela competição de pegar rabo de lagartos.

— Sei lá. Uma brincadeira sem lagartos — falei, dando de ombros. — Talvez a gente possa fazer de conta que aquele é um navio e nós somos os piratas do Corsário Negro. — E apontei para um grande tronco caído que atravessava a corrente.

— Não — atalhou a Maldita, e de repente fez uma cara séria, um olhar capaz de matar.

— Por que não? — indaguei, mas eu estava com a boca seca.

— Porque estou dizendo que não.

— Nunca brincamos de faz de conta — explicou Filippo, dando de ombros.

— Por que não?

— Porque é perigoso — respondeu Matteo, começando a brincar com os rabos que estavam na mão dele.

— Perigoso? — perguntei.

A Maldita não reconhecia mais minha presença. Havia fixado o olhar longe do Lambro e da ponte, como se estivesse procurando algo que havia perdido.

Foi naquele momento que os sinos da catedral começaram a bater. Contei: doze badaladas. Doze badaladas e eu ainda não tinha comprado os ovos.

Carla não terminaria a torta até o almoço e mamãe diria que a culpa era minha. Ou talvez Carla fosse punida, por minha causa.

— Preciso ir — avisei, afundando a mão no bolso em que havia guardado a moeda.

— Para onde? — perguntou Filippo.

— Para a loja do sr. Tresoldi, comprar ovos — respondi e engoli um bolo de saliva. Só de pensar, o medo se entranhava nas minhas vísceras. — Os que tínhamos em casa, eu deixei cair para poder sair — continuei, buscando a aprovação da Maldita.

Ela começou a rir.

— Você deixou cair de propósito?

Assenti levemente.

A Maldita levantou o queixo.

— Vou com você.

— Mas você não tem medo?

— Do quê?

— Do sr. Tresoldi. Ele lembra que vocês roubaram as cerejas. Sabe que foram vocês.

— Eu não tenho medo de nada.

6.

Caminhamos lado a lado ao longo da via Vittorio Emanuele, deixando a ponte para trás. Eu com os punhos cerrados nos bolsos, a Maldita, em pé sobre um pedal, manobrando o guidom da bicicleta. As pessoas se viravam para nós. Eu não estava acostumada àquele tipo de olhar e o senti como uma camada de sujeira sobre meu corpo. A Maldita, por sua vez, caminhava de cabeça erguida e parecia não ligar.

— Você está sangrando.

— E daí? — perguntou ela, levantando um braço e começando a lamber o longo corte empolado, inchado e avermelhado que havia se aberto entre o pulso e o cotovelo. — Assim a ardência passa mais rápido.

A loja do sr. Tresoldi ficava no fim da rua, tinha um letreiro de metal, cartazes com latas de extrato de tomate e vitrines opacas por causa de uma limpeza apressada feita com água e papel-jornal.

A Maldita apoiou a bicicleta perto dos caixotes de frutas empilhados na frente da entrada e subiu os três degraus.

— Você vem? — E fez um gesto como se quisesse dizer: "Não vou te esperar."

Fui até onde ela estava e me forcei a entrar, e um sino tocou quando passamos. Lá dentro, havia o cheiro terroso das batatas, de latas de conserva empilhadas nas prateleiras mais altas e garrafas de vinho; o ar era úmido e quente. De pé na escada de ferro apoiada na parede em que ficavam as prateleiras com os doces em compota Cirio e um calendário do Duce estava Noè, os suspensórios soltos e um vidro de geleia de morango na mão. Virou-se e soltou um suspiro assim que nos viu.

— Já vou — avisou o sr. Tresoldi dos fundos da loja.

Entrou pela porta de vidro fosco na qual havia uma placa de NÃO ENTRE. Do outro lado, vinham os sons do pátio: o latido do cão, o bater de asas dos gansos. O sr. Tresoldi limpava os dedos em um pano imundo enquanto se aproximava com passos vacilantes.

Avançou até a luz embaçada filtrada pela vitrine, e foi então que nos reconheceu. Os olhos do sr. Tresoldi endureceram e semicerraram-se. Ele tinha mãos largas, com os dorsos arranhados pelos espinhos das alcachofras, e unhas sujas.

— O que estão fazendo aqui?

Na boca, eu sentia o gosto ácido de quando mamãe me dava Magnésia. A Maldita me deu uma cotovelada nas costelas. Engoli o medo e disse:

— Preciso comprar uma caixa de ovos. Daquelas grandes. Sou a filha da sra. Strada. Ela me mandou aqui.

— Eu sei quem você é — rebateu ele, jogando o pano sobre o ombro, depois apontou para a Maldita. — E também sei quem é essa aí. Pode ser pequena, mas é mais esperta do que o diabo — acrescentou em dialeto.

A palavra *diabo* me assustou.

— Ela tem dinheiro — declarou a Maldita levantando o queixo. — Ela vai pagar e o senhor é obrigado a dar os ovos.

Abri a mão e mostrei as cinco liras.

O sr. Tresoldi nos esquadrinhou, um longo olhar silencioso. Eu tinha certeza de que ele partiria nossa cabeça com o quebra-nozes de ferro pendurado no gancho perto do saco das avelãs, mas passou a língua sobre os dentes e respondeu:

— Para ladrões, não vendo nem um caroço de maçã. Quem rouba, mesmo que seja uma vez só, não tem perdão.

— E quem perdoou o senhor, que roubou o açougue do sr. Fossati? — replicou a Maldita de um fôlego.

O sr. Tresoldi soltou o ar pelo nariz e apontou para a saída rosnando:

— Não voltem mais aqui, ou vocês vão ver o que vou fazer. Dou as duas de comida para os gansos.

Saímos correndo, eu com os ombros caídos e sem fôlego, a Maldita batendo com força os pés nos ladrilhos de propósito. O sr. Tresoldi, de dentro da loja, gritou:

— Cuidado para não cortar a cauda, Maldita!

Paramos bem na frente dos degraus. Ela pôs a língua para fora e depois me disse:

— Não chora. Chorar é coisa de gente idiota e não adianta nada.

— Não consigo — funguei e em seguida enxuguei as lágrimas com um dos braços. — Por que você falou aquilo para ele?

— Porque é verdade. — Ela bufou. — E podemos ir lá pegar ovos por nossa conta. Vamos mostrar para eles.

— Você não ouviu? Ele disse que, se voltarmos lá, vai dar a gente de comida para os gansos.

— Só se ele pegar a gente. — A Maldita abriu um sorriso maquiavélico, e de repente o rosto dela se contraiu.

— O que foi?

Ela apontou para a entrada da loja.

Eu me virei: Noè estava em pé na soleira, com aquele cabelo cacheadíssimo e escuro, tão volumoso que eu poderia fazer ambas as mãos desaparecerem se as enfiasse ali dentro.

— O que quer? — perguntou a Maldita.

Noè hesitou um instante e em seguida veio ter conosco.

— Toma — disse ele, estendendo na minha direção uma caixa com doze ovos.

— Por quê? — questionei e os apertei contra o peito.

Ele deu de ombros:

— Era o que você queria, não?

— Obrigada.

Os olhos castanhos dele fitaram os meus e eu senti um calor subir pelo corpo. Estendi a moeda para Noè, mas ele balançou a cabeça.

— Preciso voltar lá para dentro, senão ele vai ficar zangado — disse e mexeu ligeiramente a mão, abrindo um meio sorriso antes de fechar a porta. — Tchau.

A caixa de ovos ainda estava quente e tinha o cheiro dele: um cheiro de bicho, de natureza selvagem, de tabaco escuro; um cheiro que, percebi, me agradava.

— Não sei se a gente pode confiar nele — observou a Maldita.

Em casa, fiquei me olhando por muito tempo no espelho do banheiro. Estava com a bochecha avermelhada no lugar que mamãe esbofeteara porque havia ficado me esperando e eu não voltava. Eu também tinha estragado o vestido e sujado os sapatos. "Onde você se meteu, sua desgraçada?!", gritara. Eu ficara calada.

Nesse momento, em pé, agarrada à pia, só de roupa de baixo e com o vestido ensopado que gotejava no varal em cima da banheira, eu dizia:

— Não tenho medo de nada.

Comecei a analisar uma esfoladura rosada e brilhosa na altura do úmero: devia ter acontecido quando eu desci entre a hera e as pedras caídas. Eu estava orgulhosa daquela ferida, mas, em comparação com os braços da Maldita, cheios de arranhões, aquilo era pouco.

— Não tenho medo de nada — repetia, mantendo o queixo erguido, esforçando-me para captar no meu rosto, que sempre considerei banal, os traços dela.

De um lado, estava a vida como eu a conhecia; do outro, a vida como a Maldita me mostrava. E aquilo que antes me parecia certo se tornava disforme como o reflexo na água do lavabo quando se lava o rosto. No mundo da Maldita, você competia para ser arranhado por gatos e lambia a dor junto com o sangue. Era um mundo em que não se podia fazer de conta ser o que não era e em que se falava com os homens olhando-os nos olhos.

Parada em cima do muro, eu observava o mundo dela, pronta para me jogar. E não via a hora de cair.

7.

Naquele sábado, papai anunciou que havia convidado uma pessoa importante para o almoço. Era um evento extraordinário, porque, desde que nos mudamos para a casa menor, mamãe não quis receber ninguém.

Ela explicou a Carla que deveria andar devagar, com a coluna ereta, manter os lábios fechados e cozinhar direito: o caldo dos *tortellini* seria preparado sem tabletes, que era coisa de pobre, e sim com carne e verduras recém-cortadas; e o prato principal, um assado recheado, que eu detestava. Enquanto isso, mamãe pôs o vestido com a cintura marcada, que deixava os tornozelos à mostra, o colar de pérolas e os brincos de brilhante. Então, pegou a fotografia de Mussolini em uma gaveta e a colocou bem à vista em cima do aparador.

O convidado de papai e a esposa chegaram atrasados sem se desculpar. Ela torceu o nariz para a coberta de renda sobre o encosto do sofá e ele limpou no tapete a sujeira grudada nas botas. Eu o reconheci pelo modo arrogante de pousar o olhar sobre as coisas, como se estivessem ali especialmente para satisfazê-lo, inclusive minha mãe. O sr. Colombo roçou os dedos dela com os lábios e ajeitou o distintivo preso no paletó. Mesmo nunca tendo gostado desse homem nem do carro dele, papai se curvou até o chão e disse:

— Sr. Colombo, por favor, fique à vontade.

Mamãe fez Carla vestir o uniforme e a touca e ameaçou:

— Se eu fizer um papelão por sua causa, você vai ver só.

Eu tinha que ficar composta, os cotovelos grudados nas laterais do corpo, o guardanapo sobre as coxas, e me manter em silêncio "como uma mocinha de bem" enquanto os adultos conversavam assuntos de adultos e papai ria de qualquer coisa que o sr. Colombo falava. Eu devia sorrir, dizer "obrigada" e "por favor", responder apenas se me dirigissem a palavra. Devia tomar o caldo sem fazer barulho e escolher os garfos na ordem certa.

Mamãe sempre me encheu de recomendações sobre como devia me portar à mesa, mas nunca chamou minha atenção por causa de uma nota ruim: preferia que eu fosse bem-educada a instruída.

As regras eram tantas que a fome até passava, e eu buscava a cumplicidade de Carla, que fazia caretas pelas costas de mamãe para me manter alegre. O assado, não consegui comer. Estava pelando e o recheio era verde e mole. No entanto, outra regra dizia que não se tirava o prato da mesa até que estivesse vazio, então cortei cada fatia em pedaços muito pequenos e os deixei cair às escondidas da ponta do garfo no guardanapo aberto sobre as minhas pernas. Enquanto isso, papai agitava as mãos e descrevia feltro flamengo e fitas trançadas. O sr. Colombo anuía, fingindo conseguir acompanhar mesmo quando papai falava de alinhavo e das maneiras de dar forma aos chapéus. Repetia:

— Um verdadeiro fascista mantém a palavra, sr. Strada. Farei com que o senhor consiga a autorização.

Foi então que entendi: para salvar a fábrica, papai estaria disposto até a tirar o chapéu diante do diabo.

Falaram quase só os homens, já minha mãe e a sra. Colombo se limitaram a elogiar uma à outra por coisas sem importância: a cor das cortinas e o brilho da prataria, o elaborado bordado em macramê da toalha de mesa, que era do enxoval.

Carla retirou meu prato, mas eu tinha sobre as coxas uma trouxa úmida e quente que escorria. Enquanto mamãe dizia

"Aceita um golinho de Maraschino, sr. Colombo? E a senhora, um docinho quem sabe?", eu pensava em uma desculpa para me levantar. Empurrei a cadeira para trás e falei:

— Vou ao toalete. Com licença.

O guardanapo escorregou e caiu, fazendo um ruído pegajoso. Carla, que estava passando com a garrafa de vinho, pisou nele e, por um instante, perdeu o equilíbrio. A garrafa escapuliu da mão dela e desabou no meio da mesa, derrubando pratos e copos do jogo elegante e alagando tudo em vermelho. O sr. Colombo se levantou, as pernas e o peito encharcados de vinho, e gritou um palavrão daqueles que, se você disser por engano, depois terá que rezar dez ave-marias e fazer duas vezes o sinal da cruz. Mamãe não disse nada ao sr. Colombo. Nem papai. Estavam olhando para mim. Como se eu fosse um rabo de lagarto a ser jogado no rio.

No domingo, fingi que estava doente.

Acordei cedo, antes que Carla entrasse e dissesse "Ei, malandrinha, acorde", e esfreguei a testa até senti-la quente, depois passei no rosto um pedaço de tecido que eu havia mergulhado em água fervente. Ardeu muito.

Fui até o quarto de minha mãe, descalça, só de camisola. Encontrei-a sentada na frente da penteadeira, testando a temperatura do modelador de cabelo com um dedo úmido de saliva. Na mesinha de cabeceira, estava aberta a *Mãos de Fada*, uma revista de costura e bordado que ela recebia todo mês para ficar a par da última moda no quesito trabalhos femininos. Os bobes estavam encaixados na encadernação, para que não rolassem.

— Calce as pantufas. Só mendigos andam descalços.

— Não estou me sentindo bem — falei, esfregando os braços como se estivesse com frio.

Ela estudou meu reflexo no espelho.

— Venha aqui.

Eu me aproximei, ela afastou o modelador quente, segurou meu queixo com a mão e encostou os lábios na minha testa.

— Você está pelando — disse. — E toda suada! Está vendo no que dá sair por aí andando na lama? Eu sabia.

— Desculpe.

— Sem tanto drama. Volte para a cama, vou mandar a Carla levar o tônico para você — afirmou, enrolando uma mecha no modelador.

Papai estava no banheiro, o pescoço e o queixo brancos de creme de barbear.

— Você ainda não está pronta? — perguntou ele quando passei para voltar ao quarto.

— Estou com febre.

Ele hesitou, a espuma gotejava na bancada da pia.

— Sua mãe está sabendo?

Assenti.

— Bem. — Ele bateu com a lâmina na borda da pia e em seguida passou-a no pescoço. — Muito bem.

Carla estava dobrando a caminha que usava durante a noite, colocando-a atrás do sofá.

— Quer que eu leve alguma coisa para você comer?

Fiz sinal de que não e agradeci, fingindo um acesso de tosse antes de voltar para o quarto.

Fiquei deitada na cama, respirando com uma das mãos na altura do coração e escutando os ruídos familiares da manhã de domingo: o som das xícaras na cozinha e o arrastar de chinelos no corredor, que era substituído pelo barulho dos saltos baixos de mamãe.

— Estamos atrasados — disse papai.

— Preciso encontrar minha bolsa — respondeu mamãe.

— E o chapéu, onde foi parar meu chapéu? Não, esse não, aquele com o véu turquesa.

Não foram ver como eu estava.

Levantei-me assim que os ouvi sair. Então tirei a camisola e peguei um vestido velho, daqueles que ficavam no fundo do armário à espera de que mamãe os consertasse. O espelho refletia uma imagem minha à qual eu ainda não estava acostumada, cheia de protuberâncias inesperadas, de curvas suaves na altura dos quadris e das coxas. No bíceps e na panturrilha, tinham aparecido hematomas que me deixavam muito orgulhosa. Pus o vestido, o tecido ficava esticado no peito e embaixo das axilas. Não calcei os sapatos, atravessei o corredor com eles nas mãos.

Carla estava na cozinha, arrumando tudo e cantando, desafinada:

— *Nell'amor si fa sempre così. Dammi un bacio e ti dico di sì.*

Tinha ligado o rádio. Meu pai o usava apenas para escutar os discursos dos homens poderosos que ficavam em Roma, mas quando Carla ficava sozinha em casa o rádio tocava música.

Cheguei à porta quase passando mal por estar prendendo a respiração por tanto tempo. Girei a maçaneta e, atrás de mim, uma voz disse:

— O resfriado passou rápido. Santo Alexandre fez um milagre?

Carla estava com as mãos nas cadeiras. Examinou-me por um bom tempo e depois começou a rir.

— Como é que se chama?

Tentei balbuciar alguma coisa, mas percebi que nunca soube o nome da Maldita.

— Não é do tipo mão-boba, né? — E completou em dialeto: — Com você não, que ainda é uma menina.

Então entendi que Carla estava se referindo àquelas coisas de rapazes e moças das quais minha mãe vivia falando, quando me lembrava de que eu era "apenas uma mulher" e não devia pensar naquilo para não cometer um pecado. Carla, por sua vez, devia achar que aquilo era uma coisa natural entre homens e mulheres e não devia ser motivo de vergonha, mas que eu era apenas uma criança.

— Noè — respondi sem pensar. — Noè Tresoldi.

Carla ergueu o olhar.

— É melhor você voltar para casa antes do final da missa.
— E acrescentou em dialeto: — Senão quem vai acabar em apuros sou eu.

Atravessei correndo toda a via Vittorio Emanuele, sem prestar atenção nas pessoas bem-vestidas e bem penteadas que seguiam rumo à Piazza Duomo. Eu tinha certeza de que não cruzaria com meus pais. Sem mim, que os atrasava, já estariam certamente na igreja, assim mamãe pegaria os melhores lugares. Só tomei fôlego de novo quando cheguei à ponte, as bochechas e as panturrilhas ardendo.

Debrucei-me no parapeito, mas ela não estava lá. Apenas Matteo Fossati, sozinho, com as costas curvadas e os pés descalços sobre as pedras, de calças curtas e torso nu. Afundava as mãos no Lambro e as retirava vazias, xingando. Eu me inclinei sobre a parte da margem que havia desmoronado e o chamei. Ele me examinou como se eu fosse um gosto desagradável que surge novamente na boca.

— Não adianta você descer. Hoje ela não vem.

— Por quê?

— E o que é que você tem a ver com isso?

— Ela disse aonde ia?

— Se ela diz que não vem, não vem e pronto.

O que eu podia fazer? Não queria voltar para casa. Ainda sentia no meu corpo a excitação da corrida e da febre que eu havia inventado.

Os sinos bateram onze horas. Fitando o chão, atravessei a ponte correndo, com o objetivo de verificar o outro lado, porque talvez ele estivesse me pregando uma peça ou estivessem brincando de esconde-esconde.

Foi então que ouvi um assobio e um grito. Sobressaltei-me e parei no meio da rua: a frente do carro pintado de preto rangia os dentes a um palmo do meu rosto. Vi o meu susto refletido nos faróis brilhantes enquanto uma mulher com um lenço no pescoço pôs o corpo para fora, do lado do carona, e gritou:

— Está querendo ser atropelada?!

— Não é a filha dos Strada? — indagou o motorista, tirando a mão da buzina e esticando o pescoço para fora da janela: o sr. Colombo abriu um sorriso dúbio. — Seu pai deixa você solta por aí como uma vira-lata?

— Levando em conta como a ensinaram a guardar os restos à mesa, não me admiro — replicou a sra. Colombo.

Ela me esquadrinhou com olhos severos e senti medo. A sra. Colombo sempre examinava minha mãe de cima a baixo, e talvez, para lhe causar um desgosto e a envergonhar, ficasse satisfeita em dizer a ela que havia me visto na rua, sozinha e com um vestido que parecia um trapo.

Eu me afastei para deixá-los passar, o rosto ardendo, agitada só de pensar que bastaria que eles sussurrassem às pressas uma palavra durante a missa para que eu fosse descoberta. No banco de trás, reconheci Filippo com o uniforme dos Balilla, o pequeno pompom preto no chapéu, como se estivesse com vergonha de usá-lo. Ao lado dele estava Tiziano, o irmão mais velho, também louro, o cabelo tão brilhoso de gomalina que parecia um capacete, a camisa negra abotoada até o pescoço, a pele claríssima. O carro avançou novamente e subiu rumo à catedral, em cima da hora da missa. Tiziano me cumprimentou com a cabeça; Filippo, por sua vez, tentava afundar no banco e escondia o rosto com as mãos. Quando a Maldita estava presente, não importava de quem você era filho, as coisas que o haviam ensinado a odiar ou em que queriam que você acreditasse. Não importava se o pai de Matteo era um daqueles que chamavam de "vermelhos" ou se o pai de Filippo lustrava o distintivo fascista sem nunca deixar de fazer uma saudação diante do retrato de Mussolini. Sem ela, aqueles dois mundos voltavam a ser irreconciliáveis.

Talvez ela realmente tivesse adoecido. Se eu soubesse onde morava, iria visitá-la, ver se todos aqueles cortes nos braços tinham infeccionado e estavam-na matando. Minha mãe dizia que embaixo das unhas dos gatos havia doenças, e se eles arranhassem você seu sangue ficava envenenado.

Eu me sentei na calçada e segurei aquele medo dentro dos punhos cerrados apoiados no ventre.

— O que você está fazendo aí desse jeito? — Noè olhava para mim do selim da bicicleta, os caixotes de frutas no bagageiro, um suspensório solto lhe pendia da coxa. — Hein?

— Nada.

— Nada?

Dei de ombros.

— Tudo bem. — Ele empurrou o pedal para baixo, ajeitando as costas.

Eu me levantei.

— Espera.

Noè pôs o pé novamente no chão, mantendo a bicicleta equilibrada.

— Não sei onde procurá-la — falei, cautelosa.

— Não sabe que todo mundo diz que é melhor ficar longe dela?

— Sei.

— E não liga?

— Não.

Ele começou a rir.

— Eu sei onde ela mora.
— Jura?
— Às vezes faço entregas no prédio dela. Fica na via Marsala, perto da Singer. Antes do saneamento, ela morava no quarto andar de um prediozinho em Sant'Andrea, mas demoliram as casas. — Bateu com a palma da mão no quadro da bicicleta. — Eu levo você lá.
— Agora?
— Agora.
Eu nunca havia feito nada como aquilo: subir na bicicleta de um garoto, equilibrada em cima do quadro, como faziam as namoradas.
— Tudo bem — concordei, e ele me ajudou a subir.
Agarrei-me ao guidom com as duas mãos. Noè começou a pedalar, com os cotovelos e os joelhos abertos de modo a abrir espaço para mim, e disse:
— Segura firme.
Eu sentia o estômago embrulhado e pesado, embora não tivesse tomado café da manhã, e uma sensação pegajosa de suor na nuca e nas axilas, enquanto o quadro da bicicleta machucava minhas coxas.
Noè subiu sem esforço até a catedral, entrou na via Italia, em pé sobre os pedais, desviando das pessoas que passeavam. Na altura da estação, voltou a sentar-se no selim, as pernas resvalavam nos meus quadris. Eu nunca havia estado nos bairros depois da estação, onde começava a periferia, sobretudo nunca havia ficado tão perto de alguém e não sabia o que dizer. Por sorte, ele estava calado, prestando atenção no caminho. As clavículas de Noè pressionavam minha nuca e meu cabelo roçava-lhe o queixo. Ele tinha bochechas ásperas, mas só um pouquinho, e um cigarro atrás da orelha.
— Chegamos — anunciou.

Mas eu havia parado de prestar atenção no caminho. Eu analisava os tendões dos braços dele contraídos sob a pele, respirava o cheiro que ele exalava, de trabalho e tabaco.

Desviei o olhar, deixando-o vagar à minha volta: os prédios da via Marsala eram grandes e retos, com sacadas compridas e janelas quadradas, idênticas umas às outras, como o costado de um navio.

Do outro lado ficava a fábrica da Singer, inaugurada havia menos de dois meses, imponente e silenciosa, com as cancelas fechadas e os cartazes das máquinas de costura.

— O portão é este. — Noè me ajudou a descer da bicicleta. — Ela mora no sexto andar.

— Você não vem?

Ele abriu um sorriso que mostrou dentes lindos.

— Tenho entregas para fazer. — E indicou com o polegar os caixotes de frutas no bagageiro.

Na loja, com o pai, eu nunca o vira sorrir.

— Sabe como voltar para casa?

— Sei — respondi, pois não queria parecer infantil.

Ele empurrou os pedais e foi embora sem me deixar tempo para agradecer.

Eu nunca estivera tão longe de casa sozinha, e aquela parte da cidade, velha e cheia de sombras, com ruas vazias e prédios altíssimos, me oprimia. Das janelas abertas por causa do calor, vinham as vozes das pessoas, os cheiros das cozinhas.

Na entrada do edifício não havia portaria, as portas estavam abertas. Olhei em volta procurando alguém a quem pedir licença, mas não havia ninguém.

Subi os seis andares a pé, parando para tomar fôlego nos patamares cheios de bicicletas. O fedor dos banheiros no fundo dos corredores chegava até a escada.

Reconheci o apartamento da Maldita pela bicicleta cheia de ferrugem e de guidom torto apoiada no guarda-corpo em frente à porta, na qual havia uma placa de latão com a inscrição MERLINI.

Fiquei muito tempo com a mão levantada, contando as respirações e dizendo a mim mesma que, quando chegasse a dez, eu bateria, mas então vinha a sensação de ter perdido a conta e precisava recomeçar.

Do outro lado, uma explosão de risos.

Reuni coragem e bati. Suavemente no início, depois com mais força. As risadas cessaram e ouvi alguém dizer:

— Maddalena, vá atender.

Prendi a respiração quando os passos se aproximaram da entrada e pensei em fugir. Fui tomada pelo medo de ter errado de apartamento e me ver diante de uma desconhecida. Ou, pior ainda, de que fosse aquele mesmo, mas ela me expulsasse.

A porta se abriu e a Maldita apareceu. Estava com o rosto limpo, um vestido leve e os pés descalços. Tinha nas mãos fitas cor de marfim e retalhos de renda.

— O que está fazendo aqui?

— Então é assim que você se chama — balbuciei. — É um nome bonito, Maddalena.

O rosto dela se contraiu em uma careta.

— O que está fazendo aqui?

— Não encontrei você no Lambro. Achei que estivesse doente.

— Eu nunca fico doente — respondeu, despachada. — Você não devia ter vindo me procurar.

Do interior do apartamento saiu uma voz masculina:

— Maddalena, quem é?

Recuei e fiz menção de fugir.

Ela bufou.

— Tudo bem, agora que já veio até aqui entra, né?

Eu a segui por um corredor estreito, com paredes nuas, que terminava em um pequeno cômodo bem iluminado.

Lá havia um "fogareiro econômico", esmaltado, com o tampo de ferro-gusa e uma portinhola para o fogo. Pendurada na parede, perto do crucifixo e da Virgem Maria, uma moldura de lata com um pequeno quadro-negro: "O que está faltando hoje?" Alguém havia escrito com giz embaixo: "Tudo." E, mais embaixo, com uma grafia diferente: "Mas primeiro o leite." Nos cantos do aparador, entre a madeira e o vidro, estavam enfiadas velhas fotos e um ramo seco de oliveira.

No centro do cômodo, em pé sobre a mesa de jantar, havia um garoto usando um vestido de noiva. As calças de trabalho e as meias pretas despontavam por baixo da renda da saia, que batia na metade das panturrilhas dele, e a cabeça resvalava em uma lâmpada exposta.

— Oi. — Ele sorriu para mim, levantando a mão.

Duas garotas estavam sentadas em banquetas de palha trançada em lados opostos da mesa, esta cheia de retalhos de tecidos, almofadas com alfinetes espetados e fitas métricas desenroladas. Estavam concentradas, tentando alinhavar a bainha da saia do vestido. Uma delas usava batom, tinha cabelo escuro e curto, com pega-rapazes na face, e olhos negros idênticos aos de Maddalena. Ela falou:

— Fica parado, senão vou ter que começar tudo de novo.

A outra garota tinha lindas madeixas soltas sobre os ombros, o peito avantajado e usava óculos. Havia tecido sobre os joelhos dela e uma fita métrica em volta do pescoço. Ela enfiou a agulha no tecido.

— Ainda bem que não tem pressa — disse, enrolando uma linha branca em volta do polegar e cortando-a com os dentes.

— Mas só temos os domingos para ajustá-lo — respondeu a garota de batom.

Reconheci o garoto com o vestido de noiva como o irmão mais velho da Maldita, Ernesto, que a levava ao parquinho para subir nas árvores e trabalhava na Singer havia um mês. Ele tinha braços fortes, rosto de feições suaves, cabelo escuro despenteado e, sobre as maçãs do rosto, sombras de cílios compridíssimos.

As outras duas, por sua vez, eu nunca vira. Com o tempo, soube que trabalhavam por encomenda para a sra. Mauri, que era modista e tinha uma loja no centro. A de batom se chamava Donatella e era a irmã mais velha da Maldita. A outra era Luigia Fossati, irmã mais velha de Matteo, que, desde março, estava noiva de Ernesto: iam se casar naquele inverno. Havia meses que ficava acordada até tarde forrando chapéus, pregando botões e ajustando paletós elegantes para viagens de outras pessoas, a fim de economizar o suficiente para pagar duas passagens ferroviárias e um quarto em um daqueles hotéis grandes em Nervi. Ela e Ernesto iam procurar um com terraço, em frente à praia, para passar uma semana depois do casamento e ficar tomando café ao sol, como fazem os ricos. Para ajustar o vestido de noiva, ela só tinha os domingos, e Donatella dava uma ajudazinha. Ernesto servia de manequim porque tinha a mesma altura de Luigia e quadris largos, como uma mulher. Ou talvez só porque achasse divertido.

Maddalena me apresentou. Não faço ideia de como ela sabia meu nome. Eu nunca tinha dito. Ela disse que eu era uma amiga e fiquei orgulhosa e assustada por ela me considerar como tal. A verdade era que eu nunca tivera amigas.

Fiz uma pequena reverência.

— Prazer.

Ernesto se desculpou pelo estado em que se encontrava e as garotas começaram a rir. Donatella falou que Maddalena nunca convidava ninguém para ir em casa, talvez tivesse vergonha deles. Ela cruzou os braços e fechou a cara.

— Ela não estaria totalmente equivocada, levando em conta o que vocês aprontam comigo — disse Ernesto, rindo.

A risada soava como os sinos da festa.

— Para de rir, senão a bainha vai ficar torta — censurou Donatella, a agulha entre o indicador e o polegar, antes de umedecer a linha para passá-la pelo buraco.

Luigia olhava para Ernesto com um brilho no olhar e ria — gargalhava, na verdade.

— Achei que mostrar o vestido para o noivo antes do casamento desse azar — comentei.

— A esta altura, queira ou não queira ele vai se casar comigo. Não tem mais tempo para mudar de ideia.

— Elas me fazem vestir uma saia porque assim fica mais difícil fugir.

Ofereceram-me um doce que estava em uma pequena bandeja de papelão dourado no aparador. Eu disse que, antes, precisava ir ao toalete. O banheiro ficava no corredor, Maddalena me acompanhou e esperou do lado de fora.

Entrei tapando o nariz por causa do fedor. Não tinha vaso, só um buraco na cerâmica e dois degraus para apoiar os pés. Não tinha sequer descarga, só uma velha vassoura com a ponta estragada. Havia algumas folhas de jornal penduradas em um gancho. Fechei a porta, mas não havia ferrolho nem fechadura. Na parte interna, alguém havia escrito: "Não precisa acertar o centro, mas pelo menos que caia dentro."

— Você tem uma casa bonita — elogiei ao voltar.

Maddalena abriu um sorriso amargo ao dizer:

— O que você, que é rica, sabe disso?

Fez com que eu lavasse as mãos na pia da cozinha com a barra de sabão de Marselha que cheirava a lavanderia.

Luigia e Donatella estavam ajudando Ernesto a tirar o vestido de noiva, devagar para não estragar o alinhavo. Dobraram-no sobre o espaldar de uma cadeira, e Luigia o acariciou levemente com a ponta dos dedos.

Nós nos sentamos em volta da mesa para comer os docinhos: o cheiro de baunilha impregnava o cômodo.

— A gente devia esperar para comer depois do almoço, mas esse cheirinho está tão bom...

— Deixa um para a mamãe — disse Donatella, batendo no braço de Ernesto, que estava prestes a comer o terceiro doce seguido.

Festejavam porque o trabalho na Singer, embora recente, pagava bem e logo melhoraria ainda mais: Ernesto se tornaria chefe de divisão. Já começara a procurar outro apartamento e havia encontrado um bom para alugar na via Agnesi, só dois aposentos, mas bem iluminado. Com o salário dele e o de Luigia, de modista, podiam até se dar ao luxo de decorá-lo como se deve, talvez comprar uma geladeira, quem sabe, caso se empenhassem em economizar.

— Tratem de ter logo um monte de filhos, assim Mussolini enche vocês de dinheiro — disse Donatella.

Luigia corou, os lábios sujos de açúcar de confeiteiro.

— Ele pode nos dar até um milhão. Dele, não quero nada — respondeu Ernesto.

— Que teimosia! — Donatella bufou. — Se não for assim, como vai conseguir tanto dinheiro? Um dinheirinho a mais nunca faz mal. Desse jeito você compra uma bela casa para a Luigia, que ela merece.

— Da mesma maneira que ele comprou os doces, vai comprar a casa — falou Maddalena. — Não precisa da ajuda de ninguém. — Então assumiu uma expressão ofendida e não comeu mais.

Foi Ernesto quem aliviou o clima. Abriu as janelas e puxou as cortinas para deixar entrar, além do calor, a música que vinha de um rádio ligado em algum outro apartamento. Uma a uma, ele nos fez dançar na sacada as árias de Beniamino Gigli e as canções de De Sica. Eu estava dura e inflexível como uma vassoura, ao passo que Maddalena se mexia com leveza e conhecia todos os movimentos. Bastou a risada de Ernesto, o obstinado bom humor que lhe era característico, para que a raiva dela se dissipasse.

Quando chegou a vez de Luigia, Ernesto a abraçou forte e os dois se embalaram com a testa de um apoiada na do outro, os olhos fechados e os dedos entrelaçados.

Nas primeiras notas de "Parlami d'amore Mariù", alguém aumentou o volume.

— Como eu gosto dessa música — disse Maddalena enquanto pegava minha mão. — Assim, não. Acompanha meus passos.

Eu não conseguia. Minhas pernas pareciam as de uma boneca desarticulada, e eu não sabia onde enfiar os braços. Ela me agarrou pela cintura, me fez tirar os sapatos e colocar os pés em cima dos dela, embora ela fosse mais baixa e eu tivesse que ficar curvada para manter o equilíbrio. Com ela tão perto, eu não respirava. Sentia-lhe o cheiro de sabão. Meu coração batia forte. A palma da mão úmida de Maddalena na parte baixa das minhas costas me fazia estremecer.

"*Dimmi che illusione non è, dimmi che sei tutta per me*", cantou ela, rindo. Já havia me perdoado por ter aparecido na casa dela sem pedir permissão.

A porta se abriu e o deslocamento de ar fechou de repente a janela. A música se tornou um eco distante atrás dos vidros. Donatella limpou o batom com um guardanapo e Luigia se afastou com delicadeza de Ernesto e arrumou o cabelo com os dedos. Eu calcei os sapatos apressada, usando os indicadores para ajustá-los nos calcanhares.

Entrou uma mulher de tamancos e com um vestido de algodão preto.

— A cebola aumentou novamente, oitenta centavos por quilo. E o feijão está custando três liras. Uma loucura. Daqui a pouco, só os ricos vão poder fazer compras no mercado — disse, deixando na mesa as bolsas com as compras. — Então? A mesa ainda não está posta? Ficaram aqui comendo os docinhos, não foi?

— Já vamos preparar tudo, mamãe — falou Ernesto.

— Eu preparo. Guardem as compras. E arrumem essa bagunça, parece uma casa de ladrões. — Apontou primeiro para ele, depois para Luigia e, em seguida, para os tecidos e os retalhos que tomavam conta da mesa. — Os apaixonados são como os loucos — comentou em dialeto.

Eu não gostava da sra. Merlini. O aspecto exangue dela lembrava o de um carneiro no dia de Páscoa. Fitou-me com olhos claríssimos e salientes que pareciam ver através de mim. Não se apresentou nem me perguntou nada. Arrastava com lentidão o corpo lânguido e amarelo, como que entalhado em sabão de Marselha.

Minha mãe dizia que uma senhora elegante se distingue pelo que usa embaixo da saia. Ela sempre usava meias de seda e prestava atenção para não puxar um fio sequer. A mãe de Maddalena, pelo contrário, estava com as pernas nuas.

— Quer ficar para almoçar? — perguntou Luigia enquanto lavava na pia as verduras sujas de terra.

Procurei um relógio e o encontrei pendurado perto da janela. Não havia me dado conta de que já era meio-dia e quarenta.

— Desculpa, mas preciso voltar para casa. — Pensei em Carla, que certamente estava me esperando roendo as unhas. — Obrigada pelos docinhos e por tudo.

A mãe esticou a toalha de mesa encerada e arrumou os pratos e copos, para em seguida me esquadrinhar com aquele olhar que me atravessava. Pôs a mesa para quatro pessoas, como se tivesse se esquecido de alguém. Foi Ernesto quem pegou mais um prato e um copo no aparador, sem dizer nada, como se estivesse acostumado com aquela distração.

Estudei as fotos no canto do móvel: havia santinhos, retratos de casamentos e comunhões feitos por fotógrafo e a imagem de um menino de mais ou menos 3 anos com um chapeuzinho de marinheiro. Talvez fosse ele, o irmão que havia caído da janela.

— Deu tempo de pagar os atrasados na loja? O vencimento é hoje — perguntou Donatella, enchendo de água a jarra e colocando-a no centro da mesa.

— Ernesto foi depois da missa das sete — respondeu a Maldita.

— Vocês foram ou não? — repetiu a mãe, passando na frente de Maddalena como se não a enxergasse. — Não gosto de ter dívidas.

— Eu fui — confirmou Ernesto e se aproximou da pia para ajudar Luigia com as verduras.

A mãe pôs na mesa quatro colheres e quatro guardanapos. Foi Donatella quem preencheu os espaços que permaneciam vazios, sem alarde.

— Por que ela faz isso? — sussurrei, aproximando-me de Maddalena.

— Isso o quê?

— Finge que você não existe.

— Um dia, ela disse que eu não era mais filha dela e começou a se comportar desse jeito — respondeu Maddalena, dando de ombros. Falava em voz alta, sem medo de que a mãe a ouvisse. — Antes gritava e chorava. E batia com a cabeça nas coisas. Agora está melhor.

Apontei para a foto no aparador, a do menino com o chapeuzinho de marinheiro, e sussurrei novamente:

— Por causa dele? De quando ele caiu da janela?

O olhar da Maldita se tornou duro.

— Você não sabe de nada.

— Desculpa — tentei consertar, mas ela não me deu tempo.

Pegou-me pelo pulso e me arrastou para o corredor, abriu a porta e me empurrou para fora.

— Foi o que minha mãe me disse sobre o acidente, eu não sabia...

— Não foi um acidente — retrucou, gélida. — Nem quando meu pai foi para a oficina, perdeu uma perna e depois morreu de infecção. Aquilo também não foi acidente — continuou, com o rosto vermelho. — A culpa foi minha. Sou eu que faço acontecer coisas ruins. Também disseram isso, não é?

— Maddalena, desculpa...

— Você não deve me chamar assim — disse, como se tivesse acabado de mastigar uma fruta tóxica. — E eles têm razão em dizer que não deve ficar perto de mim. Se ficar, desgraças acontecerão.

Cerrei os punhos com tanta força que senti as unhas fincadas na palma das mãos.

— Não me importo com os outros — rebati com ímpeto.

Depois virei as costas para que ela não me visse chorar e enxuguei o rosto com um dos braços enquanto corria até a escada.

— Francesca — chamou a Maldita depois de eu já ter descido dois lances.

Parei, agarrada ao corrimão. Ela olhava para baixo, o cabelo como uma cortina sobre o rosto.

— Você vai amanhã?

Mordi o lábio e demorei a responder.

— Pensei que não fôssemos mais amigas.

— Por que não?

Balancei-me nos calcanhares em um dos degraus.

— E aonde devo ir?

— Ao Lambro — disse a Maldita. — Vou ensinar você a pegar peixes.

8.

Os meses seguintes passaram depressa naquele verão que foi o mais feliz da minha vida.

Eu estava me tornando boa em contar mentiras e, graças também à cumplicidade de Carla, conseguia fugir para o Lambro quase todos os dias e ficar com a Maldita e os meninos.

Ficávamos com os pés dentro d'água, as pernas nuas salpicadas de lama. Eu havia aprendido a sempre usar o mesmo vestido, o velho e desbotado que eu jogava no fundo do armário quando voltava para casa. Depois, à noite, enquanto todos dormiam, eu lavava a sujeira e o pendurava para secar do lado de fora da janela do meu quarto. Em casa, usava sempre camisas de manga comprida, mesmo quando fazia calor, para esconder as esfoladuras, e amaciava com água e sabão as cascas das feridas nos joelhos para que caíssem mais rápido.

Aquelas cautelas, na verdade, se revelavam supérfluas. Papai estava tão ocupado com o trabalho prometido pelo sr. Colombo que ficava o tempo todo na chapelaria, a casa estava até perdendo o cheiro azedo do tabaco dele.

Eu sempre soube que, antes de mim, vinha o trabalho: as prensas e as modeladoras, os feltros e as fivelas valiam muito mais do que eu. Desde o incidente com o vinho naquele almoço em que ele queria fazer bonito e acabou em tragédia, porém, eu começara a ter medo das apreensões do meu pai, de como ele havia passado a me ignorar. Talvez por culpa minha aquele negócio não seria fechado, e ele me odiaria para sempre.

Mamãe, por sua vez, estava feliz e eu não sabia por quê. Parecia dedicar atenção apenas ao vestido vermelho na máquina de costura. Cantava com frequência, no seu dialeto tão melódico, e às vezes se esquecia de dar bronca em Carla pelas manchas nos talheres ou pelos cantos mal dobrados dos lençóis. Estava distraída. Borrifava atrás das orelhas algumas gotas de perfume de lavanda e de tarde saía para resolver questões urgentes. Voltava horas depois, com a bolsa de compras vazia e o cabelo desalinhado, e se fechava no quarto até a hora do jantar.

O desleixo dela também se estendia a mim, mas, como aquilo me permitia ter mais liberdade, não me importei. Eu aproveitava e ia ao rio pegar peixes com a Maldita, estragar a pele me queimando ao sol até descascar toda e fazer competições de quem achava as formas mais estranhas nas nuvens.

E, mesmo que não pudesse ir ao Lambro, a verdade é que eu não conseguia ficar longe de Maddalena. Estava sempre pensando nela.

Inclusive de maneiras que me causavam vergonha: ela me salvando no último andar de um edifício em chamas; ela como um soldado que me resgatava de um campo de batalha me segurando pelo braço, enquanto bombas caíam e sangue espirrava para todo lado; ela me olhando girar até inflar a saia do vestido e dizendo que eu era bonita. Entretanto, essas aventuras imaginárias eu guardava para mim.

Por um motivo que eu ainda não havia conseguido entender nem ousava perguntar, na opinião de Maddalena brincar de faz de conta era perigoso. As brincadeiras que ela inventava envolviam sempre terra e corridas até ficar sem fôlego, saltos e desafios em escaladas e fugas, e nós éramos sempre nós mesmos, pois imaginar ser outra pessoa e inventar histórias era proibido. Eu, porém, teria feito qualquer coisa para poder viver no mundo de Sandokan, no qual ninguém falava de remendos nas meias nem de dinheiro, todos se sacrificavam pela pátria ou por algum outro grande ideal feito de palavras grandiosas, as mulheres estavam sempre "em perigo mortal" e, se alguém morria, era sempre pelos outros, salvando-os no último minuto e ganhando um beijo no fim, antes que a alma expirasse sob os lábios da pessoa amada. Então, às vezes, sem dizer a ninguém, quando corríamos no leito seco do Lambro ou nos desafiávamos com as varetas, eu fingia ser outra pessoa. Olhava de soslaio para a Maldita e imitava o modo de ela mexer as costas durante a corrida, o modo como dizia "Não tenho medo".

Com os Malditos, você nunca ficava entediado. Caminhávamos descalços pela cidade e nos enfiávamos nos prédios para tocar as campainhas, que, nos edifícios antigos ainda não destruídos pelo programa de saneamento que aos poucos demolia o centro, soavam quando se girava uma chave mecânica.

Se estava muito calor, nos molhávamos na fonte das rãs na Piazza Roma, atrás do edifício de tijolos vermelhos com os pilares de pedra cinza que antigamente era a prefeitura e todos chamavam de Arengario. Gostávamos daquela fonte porque tinha um tanque de mármore suficientemente profundo para ficarmos em pé no centro, com a estátua de bronze de uma garota que apertava na mão uma rã cercada de rãzinhas que soltavam pequenos esguichos. Cada um de nós ficava embaixo de uma daquelas rãs, enchendo a boca aberta de água para brincar de quem cuspia mais longe. Se a polícia aparecia, fugíamos rindo.

Ao parque íamos de bicicleta, mas só tínhamos duas: a da Maldita, enferrujada e com as pontas do guidom viradas para baixo, e a de Filippo, que brilhava como as do Giro d'Italia: ele havia prendido à forquilha da roda uma pequena mola com um cartão-postal velho. Assim, ao pedalar, fazia o mesmo barulho de uma motoneta. Eu me sentava enviesada em cima da bicicleta da Maldita, o quadro pressionando a parte inferior das minhas coxas e a respiração dela na minha nuca. Com uma das mãos, segurava a saia para que não ficasse presa entre os raios da roda e dizia "Mais rápido". Com ela, nem mesmo a ideia de me machucar me assustava.

Duas em cada três vezes éramos nós que ganhávamos a corrida até a Villa Reale. Deitávamos na grama, embora estivesse escrito NÃO PISE, comíamos pão preto com toucinho e bebíamos das fontes.

Uma vez que também fazia parte daquela turma que eu sempre observara de longe, era como se o mundo iniciasse ali. Como se a minha vida estivesse começando do zero.

Gostávamos do que nos assustava: os cantos escuros do Lambro onde os ratos se escondiam, o quitandeiro que praguejava nos fundos da loja e o rangido irregular dos passos dele.

Finalmente, em um dia em que fiquei sozinha com Maddalena, consegui competir para ver quem pegava mais rabos de lagarto e contar quem havia arranjado mais arranhões. Perseguimos os lagartos, rivalizando com os gatos, depois nos deitamos no chão, os braços esticados em cima da pedra que ardia por causa do sol, ao lado dos montinhos de rabos cortados que havíamos recolhido, e comparamos os cortes avermelhados e empolados que brilhavam com pequenas gotas de sangue. Ela apertava a pele e o fazia escorrer.

— Que nojo! — exclamei, mas depois a imitei para mostrar que aquilo não me impressionava.

— Nós, mulheres, não devemos sentir nojo de sangue — respondeu então.

— Por quê? — Eu não entendia nada das conversas sobre homens e mulheres.

Sentia medo dos homens. Até mesmo de Filippo e Matteo, que eu havia começado a conhecer um pouco, e de Noè, que tinha aquele cheiro forte que me agradava.

Minha mãe havia me ensinado a ter medo. Dizia que eram animais, e eu sempre pensava no cão no pátio do sr. Tresoldi, velho, com aquele latido rouco, que passava o dia todo se estrangulando com a corrente, tentando pular e morder a garganta de qualquer um que passava. "Os homens devoram você viva, Francesca", advertia-me mamãe.

No mundo de Maddalena, no entanto, nunca havia homens e mulheres, a não ser quando ela pronunciava aquela frase: "Nós, mulheres, não devemos sentir nojo de sangue." E se eu perguntava por quê, ela dava de ombros.

— Quando ficarmos grandes, vai vir mesmo.

Para não me sentir inferior, fiz de conta que havia entendido, mas, na verdade, me inquietava aquele sangue que viria quando crescêssemos, e eu nem sabia de onde. Talvez dos olhos, como nas estátuas milagrosas da Virgem Maria, ou dos ouvidos e da boca, como aconteceu com o irmão dela, que havia caído da janela e arrebentado a cabeça.

— Ganhei — disse Maddalena.

O sangue havia escorrido até a dobra do cotovelo e entre os dedos. Ela o lambeu da ponta dos dedos e da palma das mãos como se fosse suco de cereja.

— Da próxima vez, vou ganhar. — Acontece que eu sabia que não era verdade.

Era ela quem se divertia puxando o rabo do gato cego, o mais bravo, porque, assim que você o tocava, ele mordia. Ficava acariciando-lhe a barriga e ele se agarrava à Maldita com as quatro patas, e arranhava, mordia, sibilava sem sequer tomar fôlego. Eu, por minha vez, bastava um gato mostrar as unhas que eu já me encolhia.

— Da próxima vez — repetiu Maddalena. Em seguida segurou meu pulso e arrastou-se, de quatro, pela pedra até encostar o rosto nos meus braços. Então começou a lamber meus cortes. — Assim a ardência passa mais depressa.
Em seguida nos viramos de barriga para cima e olhamos o céu mudar, as sombras se alongando sobre a margem.
Foi então que Maddalena me disse que talvez não a mandassem mais para o ginásio. Ela havia sido reprovada no ano anterior por causa da nota em comportamento.
Era a mãe que não queria que ela voltasse. Dissera a Ernesto que era melhor que garotas como ela encontrassem logo um trabalho para levar dinheiro para casa e tomassem juízo. Se fosse pela mãe, Maddalena frequentaria as escolas de iniciação profissional e podia esquecer o liceu. Ernesto, por sua vez, insistia para que ela estudasse. "É o único modo para se defender do mundo", dizia. Por isso queria que Maddalena terminasse o ginásio e continuasse a estudar, embora fosse coisa de gente rica.
Se ela conseguisse voltar, ficaria na mesma turma que eu. E eu rezava toda noite para que o Senhor me fizesse esse favor. Eu não suportaria todo aquele tempo sem ela.
— Ele disse que paga os livros e todo o resto, e que preciso estudar a qualquer custo.
— Você não pode deixar de ir à escola. É uma obrigação.
— Se falta dinheiro, não existe obrigação. Mas Ernesto disse que vai cuidar disso.
— E você?
— Falei que não vou mais tirar nota baixa em comportamento. Jurei. — Rodopiou um rabo verde e brilhante entre os dedos.
— Por que tirou nota baixa?
Ela hesitou.
— Dei um soco na Giulia Brambilla. Ela ficou com um hematoma enorme e cuspiu um dente. Aí foi procurar o di-

retor. Na verdade, passou antes na enfermaria e depois foi ao diretor. Mas não faz diferença. Ela estava chorando, e todos acreditaram nela sem nem me perguntar nada.

— Por quê?

— Porque ela é uma covarde, por isso.

— Por que deu um soco nela, foi o que eu quis dizer.

Ela me encarou com olhos que iam ficando cada vez menores.

— Ela dizia para todo mundo que fui eu que o empurrei.

— Quem?

Maddalena mordeu a unha do polegar, cuspiu e voltou a brincar com o rabo do lagarto.

— Dario. Meu irmão. O que caiu.

Fiquei em silêncio. Depois me virei de lado.

— E o que aconteceu de verdade?

— Ele caiu.

— E ponto final?

— Caiu e ponto final.

— E por que você falou que foi culpa sua?

— Porque é verdade. Sou eu que faço coisas ruins acontecerem.

— Está dizendo isso porque se sente culpada? Se sente culpada por ele ter morrido e você não?

De repente, ela me deu as costas.

— O que você sabe sobre isso?

— Eu também tinha um irmão.

Ela se virou novamente.

— E depois ele morreu?

— Ele não caiu. Foi a poliomielite que o levou embora. Ele ainda não sabia falar, só fazia ruídos. Antes de morrer, fez ainda mais ruídos, como se quisesse gritar, pôr para fora a coisa que estava nos pulmões dele. Depois, mais nada. Nós levamos flores para ele no cemitério e mamãe me faz acender velas.

A Maldita pôs no bolso o rabo do lagarto e disse:
— Então não foi culpa sua.
— Não. — Voltei a me deitar de barriga para cima, fechei os olhos diante do sol e disse uma coisa que eu nunca tinha dito a outra pessoa, uma coisa que, eu sabia, me mandaria para o inferno. — Quando ele morreu, todos ficaram tristes. Mas eu não consegui. Senti que recomecei a respirar no momento em que ele não pôde mais fazer isso.

Maddalena não soltava um pio. À nossa volta, só havia o barulho da água, o miado distante dos gatos. Eu nunca deveria ter dito aquilo a ela. A Maldita iria me escorraçar, diria que eu era um monstro, um cão raivoso que devia morrer a pauladas.

— Acontece — disse Maddalena, por fim.
— O quê?
— Pensar em coisas que não podem ser ditas. Coisas erradas. Coisas ruins. Não significa que você também seja ruim.

O peso ardente daquele segredo que eu havia guardado me oprimia, senti vontade de vomitar.

— Ele não tinha culpa. Só vivia, não teve tempo de cometer nenhum pecado. E eu o odiava. — Tomei fôlego e me sentei. — Você é a primeira pessoa para quem eu conto isso. Se as pessoas soubessem, passariam a me tratar diferente.

A Maldita havia se levantado e apoiado o queixo no joelho para analisar com olhos empedernidos, seríssima.

Fixei o olhar em uma bolha de sangue que estava inchando no meu antebraço e disse:

— Passariam a me olhar como olham para você.

9.

Quase sem percebermos, setembro chegou. No domingo, dia 8, aconteceria o Grande Prêmio no circuito do Autódromo. Para a cidade, era um dia de festa e, como em todos os dias de festa, a bandeira italiana era exibida por toda parte. Tremulava nas sacadas e janelas, até nas águas-furtadas dos telhados. Você não tinha que ser obrigatoriamente fascista para exibi-la, mas se não o fizesse se tornava um *anti-italiano*, o que era pior do que ter sarna. Naquele dia, porém, as pessoas não tinham pendurado a bandeira tricolor por causa dos fascistas, mas por causa de Tazio Nuvolari, que dirigia o Alfa Romeo da escuderia Ferrari e era o único que podia ganhar dos alemães e obter a revanche.

Tínhamos ido à primeira missa da manhã porque mamãe queria aproveitar todo o espetáculo. Falava disso desde a noite anterior, quando tirou de uma gaveta do aparador nossa bandeira, que fedia a naftalina. Estendeu-a sobre o sofá para que perdesse os vincos deixados pelo ferro de passar e tomasse ar. De manhã, antes mesmo de ir comprar o bloco de gelo do ambulante que passava embaixo da nossa casa, Carla prendeu-a à grade da sacada. O barulho dos motores esquentando no circuito do parque chegava até nossas janelas e fazia tremer os vidros.

Por ocasião do comício programado para o Grande Prêmio, havia sido entregue uma semana antes o cartão de convocação do responsável local do partido fascista: "As autoridades estarão orgulhosamente presentes para assistir às paradas comemorativas organizadas para o evento que atrairá, em alegres grupos, multidões de aficionados."

Também estava previsto um desfile nosso, das organizações fascistas juvenis. Os Balilla na frente e as Piccole Italiane atrás, em marcha na praça da catedral, levando a bandeira quadriculada preta e branca, a que marca o fim da corrida, para ser abençoada pelo arcipreste.

Duas de nós haviam sido escolhidas para recitar em voz alta o *Decálogo da pequena italiana*, e eu me orgulhava em segredo porque subiria no palco especialmente construído para a ocasião, no meio daquelas "pessoas importantes" das quais meu pai vivia falando. E, no fundo, não me interessava muito se a saia estava justa demais e se o tecido de piquê branco da camisa esquentava e pinicava as axilas.

Minha mãe me mandou ficar em pé em cima de uma cadeira na sala e ajustou meu uniforme: enfiou bem a camisa dentro da minha calcinha e alisou as pregas da saia preta, depois me entregou as luvas brancas e disse que eu não as perdesse.

— Você não vai? — perguntou para o meu pai, que, na sua poltrona, fumava cachimbo com a mão dobrada em volta do fornilho.

— Prefiro não ir. Não suporto os carros. Fazem barulho demais.

— As pessoas podem comentar.

— E que comentem — resmungou ele, dirigindo o olhar para os vasos de aspidistra na sacada.

— Como quiser — concluiu minha mãe, dando-lhe as costas. — Vamos — acrescentou para mim.

Pegou minha mão, fazendo-me pular da cadeira, as solas dos sapatos estalando no chão.

Meu pai nunca foi um fascista de verdade, daqueles que faziam o sinal da cruz na testa a cada retrato do Duce ou cantavam "*Eia, Eia, Alalà*" nos coros aos sábados. Só tinha se filiado ao partido por conveniência, pois com a carteirinha os negócios melhoravam, todos sabiam disso. Teria se inscrito até no grupo de ginástica artística para senhoras ou de corte e costura se lhe permitissem melhorar a venda dos chapéus dele.

Vez ou outra, quando estava lendo o jornal ou ouvindo rádio, deixava escapar um grunhido ou um comentário mordaz, mas àquela altura já havia se acostumado a considerar liberdade os estreitos limites que abarcavam apenas as coisas que podiam ser feitas sem suscitar atenções indesejadas, a chamar de amigos também aqueles que, em segredo, desprezava. Às festas oficiais e às paradas, porém, se não fossem obrigatórias, ele não ia. Era mamãe quem se arrumava, exaltada pelo clima solene que se respirava na cidade. Ela me explicava como eu devia manter os dedos e o cotovelo no momento da saudação e me dizia:

— Somos parte de algo maior do que nós. E temos que fazer bonito.

Naquele dia, havia espalhado pó de arroz no rosto enquanto cantava "Casta Diva". Na noite anterior, tinha pendurado no armário o vestido escarlate no qual trabalhara durante todo o verão, acariciando suavemente o tecido antes de ir dormir, e agora o envergava com orgulho enquanto mergulhávamos na multidão que se dirigia com rapidez para o centro.

Parecia que todo mundo tinha saído para a rua. Mamãe usava um decote canoa bordado com fio de ouro, as panturrilhas cobertas por meias de seda, e os homens não tiravam os olhos dela.

As ruas do centro foram invadidas por cartazes com o rosto de Nuvolari e seu Alfa Romeo: parecia um príncipe guerreiro montado em um cavalo em ilustrações dos livros de fábulas, mas com todas as linhas desenhadas na transversal para dar a ideia de velocidade.

Na praça, respirava-se um abafado ar de expectativa. Os homens levavam o paletó nos braços e se abanavam com a aba dos respectivos chapéus-panamá. As mulheres se reuniam em grupinhos à sombra dos telhados.

— Vi a sra. Mauri — disse minha mãe —, preciso falar com ela de um chapéu que necessita de ajustes. Você pode ir se encontrar com suas amigas, mas se comporte.

— Vai me ver quando eu subir no palco, não vai?

— Claro que vou. Agora pode ir. — E soltou minha mão.

Fiquei olhando o vestido vermelho desaparecer em meio à multidão antes de resolver me juntar às outras crianças de uniforme já enfileiradas no adro da igreja, um grupo de andorinhas bem adestradas.

Estiquei o pescoço e, na ponta dos pés, procurei Maddalena. Ela geralmente não gostava daquelas reuniões porque precisava acordar cedo e se enfardelar no uniforme, que estava apertado, mas tinha dito que, naquele dia, apareceria porque Ernesto era apaixonado por carros e em todos os Grandes Prêmios acompanhava a corrida agarrado à chicana mais perigosa do circuito. Queria sentir o vento deslocado pelos carros ao passarem bem perto dele, tão forte a ponto de ter o chapéu arrancado da cabeça; queria ensurdecer com o som dos motores, os gritos do público; queria inspirar o cheiro intenso da gasolina e da empolgação da competição. Confundidas no meio daqueles uniformes pretos e brancos, éramos todas iguais e eu não conseguia avistá-la.

Os sinos da catedral bateram nove vezes, e as garotas maiores, responsáveis pelas nossas divisões, com a tarja no braço esquerdo, nos fizeram caminhar em fila indiana diante da fachada. Era necessário bater com os saltos no calçamento e gritar três vezes: "*Eia, Eia, Alalà!*"

Chegamos ao fundo da praça, onde fora erguido o palco com os galhardetes tricolores e colunas de madeira no formato do feixe lictório. A multidão se abriu como se fosse o mar Vermelho na Bíblia e nós cantávamos a plenos pulmões

"Giovinezza" e marchávamos em fila dupla. A garota mais velha estava na frente e carregava a bandeira quadriculada.

No palco, estavam os inspetores do Partido Nacional Fascista, vindos especialmente de Milão, e os membros do grupo da cidade. Entre eles, também o arcipreste, com os paramentos das celebrações solenes. Ao redor, seis alabardeiros com o uniforme azul-marinho e um chapéu bicorne negro com uma pluma que eu achava engraçada e papai definia como "pomposa". O sr. Colombo também deveria estar lá, mas o lugar dele estava vazio.

Esperei com angústia pelo momento em que deveríamos subir no palco, eu e outra garota com tranças amarradas atrás da nuca de cujo nome não me lembrava. Quando um inspetor do Partido Nacional Fascista disse "Será desferido o ataque decisivo do automobilismo italiano contra as posições conquistadas pela produção de corrida alemã e o autódromo de Monza será o campo dessa tão esperada batalha", as pessoas aplaudiram.

Chegou nossa vez, mas a multidão já havia diminuído, pois às onze começavam os testes para a corrida e da praça até o autódromo levava pelo menos meia hora a pé.

Subi no palco com a boca seca. Após um sinal da chefe da equipe, posicionei-me embaixo do microfone e recitei o que havia decorado:

— Reze e empenhe-se pela paz, mas prepare seu coração para a guerra — falei, as mãos entrelaçadas atrás das costas, concentrada em encontrar minha mãe em meio à multidão. — Também servimos à pátria varrendo a própria casa. — Terminei com uma voz segura e forte: — A mulher é a primeira responsável pelo destino de um povo.

Os aplausos foram de má vontade, apenas a cortesia que se reserva às récitas escolares. Depois que a bandeira quadriculada foi abençoada, a multidão se dispersou.

Minha mãe e seu vestido vermelho não estavam em lugar algum. Contudo, eu não me importava mais. Estava procurando por Maddalena.

Finalmente a encontrei sob os pórticos do Arengario. Estava com Ernesto e Luigia, o uniforme amarrotado e a camisa para fora da saia, com uma mancha de sorvete no colarinho. Tinha mordiscado a ponta da casquinha e agora lambia o sorvete que pingava.

Luigia estava bebendo um refresco de cidra, as mãos pressionadas contra o vidro, como se quisesse sentir o frescor. Vestia uma saia comprida até as panturrilhas e uma camisa masculina enfiada na cintura, os cabelos estavam presos por uma faixa que mostrava as orelhas pequenas e redondas da moça. Ao lado dela, Ernesto sussurrava algo que a fazia gargalhar.

Maddalena me viu e acenou para mim.

— Você não estava no desfile — falei quando cheguei perto dela — nem na cerimônia.

Ela deu de ombros.

— Não estava com vontade. Estava com Ernesto, que comprou um sorvete para mim. Mas vi você, sabia?

— É mesmo?

— Você se saiu bem. Decorou tudo direitinho.

— Obrigada — respondi e corei, pensando em como ela devia ter me visto toda bonita lá em cima, em meio àquelas pessoas importantes, no palco, na praça da catedral, falando ao microfone como os homens nas sacadas de Roma.

— Mas você acredita mesmo naquilo? — perguntou, séria.

— No quê?

— No que disse no palco. Nas coisas sobre a pátria e as mulheres.

Mordi o lábio, hesitei:

— Não sei. Não tinha pensado nisso.

— É uma coisa perigosa.

— O quê?

— As palavras — respondeu ela. — As palavras são perigosas se forem ditas sem pensar.

— São apenas palavras — falei e tentei rir porque o semblante dela começava a me dar medo e eu não queria brigar.

No entanto, ela me encarava:

— Nunca são.

— Quer vir conosco? — perguntou Ernesto.

— Trouxemos até um lanche — disse Luigia, levantando um cesto de palha pendurado no braço.

— Nunca vi a corrida de perto — comentei. — Segundo meu pai, os carros fazem barulho demais.

— É mesmo? Mas isso é o mais bacana! — rebateu Ernesto. — Precisamos dar um jeito nisso.

Àquela altura, eu já havia aprendido a mentir. Para minha mãe, eu inventaria uma desculpa. Se ela nem teve tempo de me ver no palco era porque, no fundo, não se importava comigo.

No trajeto rumo ao parque, Ernesto falou das variações feitas no traçado do circuito e das velocidades que os carros podiam atingir durante a competição na reta das arquibancadas e nas curvas. Também contou do acidente de 1933, no qual morreram dois pilotos, Campari e Borzacchini, que saíram da pista. Um morreu imediatamente, com o tórax esmagado, e o outro, algumas horas depois, no hospital. Era por esse motivo que as pessoas corriam para ver os carros? Pela possibilidade de ver uma morte espetacular, como a dos gladiadores para os romanos?

Ernesto estava com os olhos brilhando e puxava Luigia pela mão, pedindo que ela se apressasse porque não queria correr o risco de perder nada, nem mesmo os primeiros testes. Parecia uma criança na frente do balcão das balas de alcaçuz. Ela ria e eu pensei que bastava aquilo para ser feliz: ficar de mãos dadas, presenciar a alegria de alguém que amamos.

No gramado próximo à pista do autódromo, estavam estacionadas filas de veículos cobertos por grossas lonas brancas para não serem danificados pelo sol ardente. As pessoas se aglomeravam na grade que delimitava o estacionamento ou nas tribunas. Havia cheiro de grama pisoteada, paletós suados e comida trazida de casa.

Abrimos espaço pelo gramado seco, ziguezagueando entre as cobertas estendidas no chão pelas famílias e os grupos de torcedores amontoados perto das valas que delimitavam o percurso. Quando passamos na frente das câmeras do cinejornal, começamos a pular para sermos filmados. Da próxima vez que eu fosse ao cinema, talvez pudesse apontar para a tela e dizer: "Aquela sou eu, eu também estava lá."

Luigia se protegia do sol fazendo sombra com uma revista aberta sobre a cabeça, enquanto Ernesto sugeria por onde ela caminhar de modo que não afundasse os saltos na terra, e nos precedia dizendo "Com licença" para pegar os melhores lugares e assistir à largada.

Os carros desfilaram pela pista, escoltados por mecânicos de macacão branco. Eram compridos como torpedos, brilhosos, e pareciam brinquedos de lata. Nuvolari, em um Alfa Romeo vermelho, era o número 20. Todos depositavam nele as esperanças de ganhar dos alemães.

A corrida em si foi precedida pelas baterias de testes que determinariam a posição dos veículos. Fazia calor, e eu e Maddalena estávamos ansiosas para começar a comer, mas Ernesto dizia que era necessário esperar o início da corrida de verdade, como mandava a tradição. A empolgação logo foi substituída pelo tédio: ficamos deitadas no gramado, contando as bolhas cor de laranja que se formavam atrás das pálpebras fechadas, enquanto Luigia nos dava às escondidas sanduíches de toucinho enrolados em um papel engordurado. Foi Ernesto quem nos acordou para dizer:

— Está na hora.

Os ruídos dos motores ficavam cada vez mais altos e as pessoas apontavam para a pista: a corrida estava prestes a começar.

Depois do ritual do hasteamento da bandeira em cima da torre que reproduzia o símbolo do fascismo, a qual foi homenageada com a saudação romana, as autoridades passaram em revista os carros que haviam se posicionado para a largada enquanto os policiais com os chapéus bicornes vigiavam o público. O ar estava eletrizado. O estrondo dos motores doía na cabeça, vibrava até dentro do nariz. Eu e Maddalena tapamos os ouvidos, rindo. Os carros largaram e, embora tivessem sumido em um piscar de olhos, as pessoas começaram a gritar. Os pilotos corriam muito, como se não se importassem com o risco de morrer.

Eu não entendia o que aquilo tinha de divertido: o ruído dos motores aumentava e diminuía o tempo todo, os carros pareciam moscas e, de onde estávamos, não dava para entender nada da corrida.

— Como correm! — dizia Ernesto, depois prometia para Luigia que, com a promoção, ele conseguiria poupar o suficiente para comprar um Fiat Spider conversível e ambos iriam à praia, talvez em Gênova ou Sanremo.

— Tem lugar para nós também? — disse uma voz familiar.

Donatella usava um vestido acinturado que lhe realçava os seios, tinha os lábios da cor quente dos corais, nas orelhas brincos de pérola e o braço enganchado no do filho mais velho dos Colombo.

Ele fez uma leve reverência. Estava de farda: calça com suspensórios, camisa negra e polainas brancas, um lenço no pescoço com o feixe lictório e a letra M cruzados e os dizeres VINCERE. O rosto estava brilhante e luminoso, as bochechas lisas, úmidas, talvez por causa da água-de-colônia, e nos cabelos havia uma camada dupla de brilhantina.

— Desculpem o incômodo — disse ele. — Ela insistiu muito para que viéssemos cumprimentar vocês.

— Não tem problema — replicou Luigia. — Sempre cabe mais um. — E se aproximou de Ernesto para que Donatella e o rapaz pudessem se sentar.

Ele se apresentou articulando bem o nome, Tiziano Colombo, e disse "Muito prazer" a todos. Depois deteve o olhar em mim, demoradamente, como se estivesse me estudando, a ponto de eu ter ficado constrangida e erguido as mãos cruzadas até o peito, onde o tecido da camisa estava muito justo.

— A filha do sr. Strada — comentou, por fim, com um sorriso. — Meu pai me falou de você, sabia? — Poliu com o polegar o distintivo de ouro e prosseguiu: — Disse que você ainda era criança, mas acho que se tornou uma bela mocinha.

Não consegui responder. Minha boca parecia estar cheia de algodão.

Falaram do calor e dos carros, dos mosquitos, que não os deixavam dormir à noite, dos alemães, que como pilotos eram péssimos. Então Luigia pegou o restante dos sanduíches, os de salame e queijo, e os refrescos de cidra.

Não demorou muito para que os homens começassem a falar de guerra.

— Nada disso, você vai ver que não acontece nada — disse Ernesto. — Já faz quase um ano que chegaram a um acordo, não? O incidente dos poços de Walwal já foi superado.

Eu já ouvira meu pai pronunciar uma vez aquele nome que parecia um latido meses atrás e o esquecera. Tinha a ver com um confronto entre italianos e etíopes pela posse de um território rico em poços de água. Era tudo que eu sabia.

— Uma afronta que não pode ficar sem vingança por muito mais tempo. E o orgulho dos italianos? — rebateu Tiziano.

— Na Itália, talvez — replicou Ernesto, rindo. — Já temos problemas demais aqui, não precisamos buscar mais nas areias africanas.

— Se houvesse guerra você iria, Merlini? — indagou Tiziano com um ar de desafio.

— Não vai acontecer guerra nenhuma — interveio Luigia, tensa, segurando a mão de Ernesto.

Com 20 anos, ele podia ser convocado para o serviço militar, mas estava tentando adiar a partida sob o pretexto do casamento.

— Eu, se pudesse, iria sem pensar duas vezes — continuou Tiziano, os olhos brilhando.

Uma lufada de vento nos fez sentir o cheiro da água-de-colônia que se desprendia dele.

— De todo modo, nem se quisesse você poderia — disse Donatella, puxando-o pelo braço. — E chega de falar dessas coisas que estragam o nosso domingo, senão fico preocupada.

Tiziano sorriu.

— Perdão, senhoritas. Não queríamos causar celeuma. Estes sanduíches estão deliciosos, obrigado — acrescentou com um gesto de cabeça na direção de Luigia.

— Por que você não pode? — interveio de repente a Maldita.

Virei-me para olhá-la, assim como os demais. Ela estava com a expressão severa de quando as coisas se tornavam sérias.

— Se você sente tanta vontade de combater, por que não vai?

— Vamos, Maddalena, chega dessa conversa. Ninguém declarou guerra ainda — disse Donatella, esticando-se para pegar um refresco.

— A coragem é forte, mas o coração não a ouve — respondeu Tiziano com ar resignado.

— O que isso quer dizer?

— Fadiga cardíaca — explicou Tiziano, cuspindo rapidamente aquelas palavras, como se tivesse ficado envergonhado. — Nasci com uma falha no coração. Os médicos ouvem um forte sopro entre os batimentos — continuou, e a expressão dele se tornou triste, quase desesperada. — Mesmo que eu quisesse me alistar como voluntário, seria rejeitado. Não estou apto. Essa é a verdade.

— Deixa disso, você tem é sorte. Tem a desculpa perfeita para ficar em casa, a salvo — salientou Donatella, mordendo um sanduíche. — Por que vocês, homens, gostam tanto de brincar de guerra?

— Pela pátria — respondeu ele sem hesitar.

— *La patria la dà né pan, né vin, né luganeghin* — zombou Donatella.

Parecia mais grosseira quando usava o dialeto, mesmo com os lábios pintados como os de uma madame. Queria dizer que os homens que falam de pátria enchem a boca, mas só de ar, porque a pátria não dá de comer.

— A Abissínia tem tantas riquezas que pode sustentar o país inteiro por um século — rebateu Tiziano, quase ofendido por aquela sabedoria popular que lhe manchava os discursos grandiloquentes.

Donatella revirou os olhos, entediada, e Luigia fitava Ernesto, ansiosa.

— Por que acha a guerra uma coisa tão bonita? — perguntou Maddalena.

— Já chega! — explodiu Luigia, tentando se mostrar alegre, mas a voz soara desafinada. — Hoje é dia de festa e não devemos pensar nessa maldita guerra.

Ficaram todos em silêncio, sob o calor do sol do meio-dia, em meio ao zumbido baixo dos insetos.

A Maldita procurou meu olhar, mas, quando o encontrou, desviou rapidamente os olhos.

— Vamos. Não podemos perder a chegada — disse Ernesto, levantando-se.

Luigia o seguiu, tremendo como se o conflito tivesse acabado de eclodir. Donatella também se levantou, cambaleante sobre os saltos. Passou um dedo nos lábios e disse:

— O batom borrou.

— Eu já disse que você não precisa de maquiagem para ser bonita — consolou-a Tiziano. — Não faz diferença alguma. — E, com uma das mãos nas costas dela, guiou-a na direção da pista.

Os carros chegaram com um estrondo dos diabos e me pareceram ter cruzado a faixa final todos juntos. As pessoas berravam e agitavam os chapéus: "Quem passou primeiro?", "Vocês viram o número?", "Na bandeira, tinha amarelo e preto ou verde e vermelho?".

Quem ganhou foi Hans Stuck, o alemão. Nuvolari chegou em segundo, mas foi quem fez a volta mais rápida.

— Nunca gostei desses alemães — comentou Ernesto.

Os alto-falantes difundiram o hino da Alemanha, naquela língua tão dura e cheia de consoantes que parecia estar dizendo coisas ruins.

Tazio Nuvolari era pequeno e magro, estava em pé sobre um degrau mais baixo do pódio e acenava, a bandeira italiana nos ombros e o rosto coberto de poeira preta, com exceção dos olhos: os óculos de corrida haviam desenhado uma máscara no rosto dele. Hans Stuck era alto, louro, com cara de rato.

Luigia apoiou a cabeça no ombro de Ernesto.

— O que vai acontecer se realmente declararem guerra? O que nós vamos fazer?

— Deus não vai permitir. — Ernesto beijou o cabelo dela.

* * *

Terminada a corrida, fui ao Lambro com Maddalena.

No caminho para o centro, falamos de guerra e de amor. Ela não acreditava em nenhuma das duas coisas. Gostava de Luigia, mas a mãe, não, porque a jovem não tinha dote e era filha de comunista. Em contrapartida, Maddalena não gostava de Tiziano, porque ele sorria de maneira cruel e tinha preocupação em não sujar o uniforme, que vestia mesmo quando não era obrigatório, com um orgulho que ela achava um nojo. "É uma farsa", dizia, "e quem precisa usar uma máscara o tempo todo é porque tem algo a esconder". A mãe dela gostava de Tiziano por ser o filho do sr. Colombo, um homem abastado que certa vez, contava, tinha apertado a mão de Mussolini. E gostava dele sobretudo porque era rico e levava Donatella quase todos os domingos para passear nos lagos com o Fiat Balilla do pai, pegavam o barco e comiam em restaurante. Coisas que ela jamais sonhara em fazer, desejava para a filha um casamento opulento, férias nas termas para "fazer a terapia das águas", como havia ouvido os ricos dizer, netos gordos e com o rosto limpo. Segundo Maddalena, Tiziano não passava de um *bauscia*, ou seja, um fanfarrão, que tagarelava muito, mas não sabia fazer nada.

— Eu gosto dele — falei. — É elegante, educado. Usa palavras difíceis e fala bem. E também tem bons modos.

— E do que ele fala? — resmungou ela. — Da guerra, que ele acha um jogo divertido, como se fosse um menino fazendo de conta que move soldadinhos.

— E você tem medo?

— De quem? Dele?

— Será que não gosta porque acha graça nele? Eu o acho bonito.

— Não tenho medo de nada — sibilou. — E eu não acho graça em ninguém. Muito menos em um tipo como ele! — Ela apressou o passo.

Quando chegamos à ponte dos Leões, percebi que corríamos e eu estava sem fôlego. Os quatro leões que encimavam as colunas nos encaravam com desprezo, as patas cruzadas, como os professores prestes a fazer um sermão.

A água do Lambro estava tão alta que escondia as rochas do fundo. Lá embaixo, Filippo e Matteo nos esperavam em pé na margem. Um com o uniforme de Balilla, ainda de meias, e o outro com a regata manchada de sempre e os pés já descalços.

— Vocês demoraram muito! — disse Matteo enquanto eu e a Maldita descíamos pela margem desmoronada.

No ponto em que sempre passávamos, a hera estava com as folhas arrancadas e os galhos, partidos.

Maddalena me deu o braço para me ajudar a descer e eu mantive a mão na saia para que não levantasse.

— A gente achou que nem viriam mais — disse Filippo —, e aqui está um calor de matar.

Os sapatos da Maldita estalaram nos seixos. Ela avançou em direção à margem.

— Sabem o que vamos fazer agora? Vamos tomar banho.

— Banho? Mas assim?

— Assim, não — respondeu a Maldita, rindo. — Vamos tirar a roupa.

— Como assim? — perguntei.

— Vamos ficar de roupa de baixo e regata. É como estar na praia.

— E como é que você sabe? Nunca foi à praia — disse Matteo.

— Me desculpa, mas nem você — replicou Maddalena. — E daí? Vamos fazer uma praia aqui. Uma praia só nossa, que é até melhor. Vamos lá. — E despiu a camisa. Deixou-a cair na margem, depois tirou os sapatos, pisando no calcanhar de um com a ponta do outro pé e chutando-os para longe. — Posso saber o que estão esperando? — questionou enquanto tirava a saia.

Ficou de calcinha e regata branca, larga nos ombros magros, a coluna vertebral destacando-se sob a pele clara das costas, reta e saliente. Ela era realmente bonita.

Tomou impulso, mergulhou na água do Lambro e, em seguida, voltou à tona respirando forte com a boca aberta.

— Está fria! — gritou. — Vamos lá, seus desengonçados, pulem logo.

Matteo foi o primeiro. Nem tirou as calças e a regata. Assim que entrou na água, soltou um grito fortíssimo, como um animal. Ele e Maddalena fingiram que queriam afogar um ao outro, rindo e engolindo água e voltando à tona tossindo.

Filippo tirou o uniforme quase com raiva. Mergulhou e voltou à tona com a respiração entrecortada, apertando os braços contra o peito e tremendo.

— Está gelada — praguejou entre os dentes.

Matteo o alcançou e espirrou-lhe água com os pés.

Então tirei a saia e a camisa. Foi como me libertar de uma roupa velha, suja e apertada demais, a ser descartada.

Tomei impulso. As solas dos meus pés haviam se tornado couro depois daquele verão todo descalça, eu não sentia mais as pedras. Mergulhei de olhos fechados, e a água, que estava gélida, interrompeu minha respiração.

— A água está fria demais — disse Filippo, arquejando rumo à margem.

— Para com isso. Mulherzinha! — gritou Matteo e segurou-lhe a perna.

Filippo tentou se desvencilhar e os dois começaram a lutar, gritando e puxando o cabelo um do outro.

A Maldita se colocou entre eles, empurrou ambos para dentro do Lambro e a luta se tornou uma batalha desordenada, metade dentro da água e metade fora, uma competição para ver quem conseguia afundar o outro.

— E o que você está fazendo aí? Vai ficar só olhando?

Então fiz o sinal da cruz e me joguei entre eles.

Dar encontrões e socos, arranhar os joelhos no fundo lamacento e sentir a lama negra que se enfiava entre os dedos e grudava no cabelo, tudo aquilo fez de mim um ser de carne. Eu era feita de pele e sangue, hematomas e ossos. E também de arestas e gritos. Estava viva.

Com os Malditos, eu podia dizer pela primeira vez "Estou aqui!", sentindo todo o peso daquela afirmação.

Agarrei Maddalena pelo braço e pressionei o pé contra a parte de trás do joelho dela, exatamente como a via fazer quando desafiava os garotos na margem do rio. Ela gritou e caiu de costas na água. Quando voltou à tona, estava com o cabelo negro grudado na testa feito algas. Levantou-se rindo e disse:

— Agora você vai ver só.

Ela me puxou pela cintura e me fez perder o equilíbrio. Não tive tempo de prender a respiração, e, logo em seguida, tudo se tornou água. Engoli o gelo lamacento, esperneei e achei que fosse morrer. Foi Maddalena quem me puxou para fora pelo pulso. Tossi forte, apertando o peito com a mão, e depois explodi em uma gargalhada. O pânico no rosto dela se dissolveu e ela me abraçou. Era gostoso sentir a pele dela contra a minha.

As sombras da ponte e dos edifícios ao lado da margem haviam se alongado e cobriam quase completamente o leito do rio. Ainda abraçada à Maldita, percebi que eu estava tremendo.

— Vamos para o sol, senão não vamos nos secar — disse ela.

Os dedos da Maldita entrelaçados com os meus fizeram percorrer pelo meu corpo um calor que se deteve na nuca.

Deitamos no único recorte de luz restante na margem, as costas pressionadas pelos seixos e os olhos fechados, tomando fôlego enquanto a água se dissolvia em gotas que escorriam pelas têmporas e pelos cantos do nosso corpo imóvel.

— Quero ficar assim para sempre — observei, minha pele esquentando lentamente.

— Molhada e tremendo? — Ela riu, afiada.

— Com você.

Pelo estalido das pedras, entendi que ela estava se mexendo, e, quando a sombra projetada pelo corpo da Maldita cobriu o sol, abri os olhos e a vi deitada de lado, o queixo apoiado na palma da mão.

— Também vou para a escola com você no próximo mês.

— Sério?

— Ernesto disse que posso — anuiu. — Ele quer que eu termine o ginásio, assim posso ir para o liceu depois. Ele vai cuidar de tudo. Só preciso tomar cuidado para não ser reprovada.

— É só estudar.

— Isso não é problema. Posso me dedicar. É o resto que você precisa me ensinar.

— E o que é que posso ensinar a você? Não sei nada.

— A ser boazinha, a me comportar bem.

Voltou a se deitar de costas e abriu os braços e as pernas, como é costume fazer no inverno para desenhar anjos na neve.

Foi então que senti uma dor repentina, mortal, na barriga, como se alguém estivesse me pisoteando. A dor sumiu e voltou ainda mais forte na respiração seguinte.

Fiquei de pé. Uma coisa escura havia grudado na minha coxa e escorria em um filete negro, fino. Pensei que fosse uma alga, uma planta mole do fundo do rio, e estiquei a mão para tirá-la. No entanto, ao tocá-la, percebi que meus dedos estavam vermelhos e brilhosos de sangue. Levantei-me de um salto, cambaleando para tentar manter o equilíbrio enquanto chegava até meu nariz o mesmo cheiro ferroso e desagradável de quando eu e Maddalena estávamos deitadas no local dos gatos, comparando nossos arranhões.

Eu estava imóvel: grandes gotas escorriam pelas minhas panturrilhas, caíam nos seixos e ficavam ali, escuras como as moedas de cobre que Carla amontoava na mesa da cozinha antes de sair para comprar pão.

— Estou morrendo! — berrei.

— O que está acontecendo?! — gritou Matteo, ainda boiando na água.

— Isso aí é sangue? — perguntou Filippo.

Pressionei as mãos entre as pernas e apertei com força para tentar estancar o sangue. Eu estava prestes a me desfazer como uma boneca de pano. Minhas vísceras pulariam para fora e eu morreria daquele jeito, esvaziada e pegajosa na margem do Lambro.

— Estou morrendo.

Então escutei a voz dela, que sussurrava no meu ouvido:

— Não precisa ter medo.

Agarrei-me à regata ensopada de Maddalena e minhas pernas amoleceram, o que fez com que eu me apoiasse nela para não escorregar. A dor vinha em ondas e fui atravessada novamente por uma descarga escaldante. Arfei. Respirar se tornara um esforço consciente, trabalhoso.

Maddalena passou os dedos pelo meu cabelo endurecido de lama.

— Você precisa respirar. — As palavras dela eram como água corrente. — Já vai passar.

Uma calma gélida desceu pela minha espinha, como um dedo que contava minhas vértebras. Os arrepios desapareceram ao mesmo tempo que a dor.

— Está tudo bem — continuou Maddalena. — É uma coisa normal. Eu disse que não devemos ter medo de sangue.

— Como você sabe disso?

— Acontece com a Donatella todo mês. Ela sente dor na barriga e nas costas, e depois de alguns dias passa.
— Todo mês? — balbuciei. — Não é possível. Assim vou acabar morrendo.
— Já disse que não — rebateu, séria. Segurou meus ombros e me obrigou a encará-la. — Todas as mulheres têm isso. É uma coisa que vem quando crescemos.
— E você tem? — perguntei, fungando.
— Ainda não.
— E por que acontece só com as mulheres?
Ela deu de ombros.
— Não sei. Acho que são feitas assim e pronto.
Esticou os braços, afastando-me dela, e me olhou de cima a baixo, como minha mãe fazia antes de sair de casa. Levou-me na direção da margem do Lambro e em seguida para dentro da água.
Respirar voltou a ser fácil. Deixei que Maddalena ajudasse a lavar o sangue do meu corpo. Ela me fez tirar a calcinha, que havia sujado, depois esfregou com força a parte interna das minhas coxas.
— Desculpe — pedi.
— Está tudo bem.
— Pela regata, eu queria dizer. — Apontei. Eu havia deixado uma mancha vermelha na lateral.
— Não importa.
Meus cílios umedeceram.
— Não chore.
— Não estou chorando. — Enxuguei o rosto com a palma das mãos. — Chorar é coisa de idiotas.
Ela sorriu.
— Você aprendeu.
Matteo e Filippo, encolhidos no fundo do rio, com água pelos ombros, nos encaravam.

— O que você fez? — disse Matteo, puxando para trás as mechas que gotejavam na testa.

— Nada.

Filippo se curvou para a frente e mergulhou a cabeça, fazendo bolhas pelo nariz. Levantou-a e disse:

— Então por que tem sangue?

— Quando nos machucamos, não fazemos tanta frescura — acrescentou Matteo. — Deixa eu ver.

— São coisas nossas — disse de um fôlego Maddalena. — O que vocês querem saber? E parem de ficar olhando!

Saímos da água. Fomos até a margem e vestimos as roupas sobre a pele molhada. Maddalena esqueceu de fechar um dos botões da camisa, e a saia preta estava toda torta, grudada nas coxas. Enfiou uma das mãos por baixo e tirou a calcinha, levantando uma perna e depois a outra.

— Toma — disse —, a sua está suja.

— E você?

Ela deu de ombros.

— Não importa.

Peguei a calcinha que ela me oferecia, ainda molhada, e a vesti rapidamente. Estava gelada, grudava na pele. Endireitando as costas, embolei a minha na mão.

— Sabe aquilo que os outros falam de você?

Ela largou a camisa mal abotoada e levantou a cabeça.

— O que é que tem?

— Não é verdade — respondi. — Não é verdade que você dá azar, nem aquela história do demônio. E não é verdade que acontecem coisas ruins comigo quando estou com você.

Ela continuou a me olhar sem falar nada, séria.

— Com você eu me sinto segura.

Parte dois

O sangue de amanhã e as culpas de hoje

10.

O Fiat Balilla preto estava estacionado em frente à minha casa, do outro lado da rua, perto da barbearia e dos cartazes do Cinzano. O sr. Colombo estava sentado ao volante, o rosto escondido pela sombra do chapéu. No banco do carona, com o vestido vermelho, vi minha mãe.

Não pude evitar ficar parada e observá-los. Estavam próximos, parecia que falavam muito e mamãe ria com a boca aberta, um riso vulgar, como jamais teria feito em casa. O para-brisa me impedia de ouvir os sons, parecia que eu estava assistindo a um espetáculo de marionetes.

Minha mãe deve ter me visto, porque se recompôs, fez um sinal para o sr. Colombo e abriu a porta. Ao sair, ajeitou o cabelo, esticou a saia e veio na minha direção com os saltos tiquetaqueando pela rua.

— É grosseria ficar olhando daquela maneira, Francesca. — Fez uma pausa e passou a língua nos lábios. — O sr. Colombo fez a gentileza de me trazer para casa. Seja educada e cumprimente-o como se deve.

O sr. Colombo me cumprimentou com um gesto de cabeça e levou a mão ao chapéu.

Minha mãe acenou com a mão, alegre como uma menina, e em seguida se virou. Só então pareceu ter me enxergado de verdade. Com o rosto contraído, ela me esquadrinhou e disse:

— O que você fez com seu uniforme?

Sem responder, atravessei o portão. Subi a escada da rua enquanto ela gritava meu nome. Eu apertava em uma das mãos a calcinha suja e na outra as luvas amarrotadas.

Entrei em casa e Carla, que me reconhecia pelo barulho dos passos, me cumprimentou da cozinha. Meu pai espichou a cabeça para fora do jornal e disse:
— Comprei o *Corrierino* para você. — Depois me viu. — O que aconteceu? Caiu no Lambro?
Ser vista por ele naquele estado fez meu rosto arder de constrangimento. Corri para o banheiro e lavei depressa a calcinha impregnada de sangue, com medo de levar bronca.
— Dá para saber que bicho mordeu sua filha? — perguntou minha mãe, nervosa.
— Vocês não estavam juntas? — perguntou meu pai. — Onde você a deixou?
Comecei a esfregar o sabão com mais força, os ângulos pontiagudos pressionavam a palma das minhas mãos e a água se tingia de rosa enquanto o cheiro de sangue misturado ao perfume adocicado de lavanda subia até minhas narinas.
— Deve ter se metido de novo com aqueles desgraçados — falava minha mãe. — A sra. Mauri a viu com a Maldita.
— Quem? A filha dos Merlini?
— Não gosto daquela menina. Eu sempre disse que era má companhia.
Segurei as lágrimas e gritei:
— Vocês não sabem de nada!
Do outro lado, um silêncio repentino. Minha mãe foi a primeira a retomar a palavra, e exigiu que meu pai me punisse exemplarmente pela minha impertinência. No entanto, ele se recusou e, frente à insistência dela, berrou para que parasse com aquilo.
Congelei, aterrorizada, agarrando-me à beirada da pia. Meu pai nunca gritava.
A porta do banheiro se escancarou, deixando entrar o relâmpago vermelho do vestido da minha mãe. Ficamos nos

encarando por muito tempo: eu em pé na frente do lavabo sujo de sangue, as pernas nuas e os braços cheios de espuma, ela na soleira, com os olhos arregalados. Até que ela disse baixinho:

— Entendi. — Não me deu explicações. Só acrescentou com um tom impessoal: — Agora você é uma mulher.

E por um instante pareceu não me reconhecer, quase como se eu fosse algo ameaçador: uma criatura que ela tentara adestrar, mas que havia escapado.

Depois abriu o armário do banheiro e apoiou na borda da banheira longos pedaços de tecido e um frasco em que estava escrito SANADON.

— Aquilo para o sangue — informou. — Isto para as dores. Quando terminar, preste atenção para não deixar nada sujo. E das próximas vezes, você deve dizer apenas "Estou indisposta", senão não fica bem.

Saiu e fechou a porta atrás de si. Depois a ouvi dando o assunto por encerrado na sala.

— Nada. Coisas de mulher.

Fiquei abobada, e só voltei a mim quando Carla bateu na porta.

— Posso?

Ao entrar, abriu um sorriso bondoso e respirou fundo. Recolheu as coisas que mamãe havia deixado na borda da banheira e disse, ajoelhando-se:

— Vou explicar como se faz.

As dores sumiram após uma semana, assim como o sangue.

Cada dia, porém, meu corpo se tornava mais estranho, algo que eu tinha dificuldade em entender. Percebia pela primeira vez os olhares dos outros, sobretudo os dos homens.

Eu ia ao Lambro com os Malditos vestida com roupas velhas ou saía bem penteada e perfumada para resolver coisas na rua com minha mãe, e sempre sentia o peso dos olhares e dos comentários murmurados de desconhecidos. Notando que eu ficava sem graça, minha mãe comentava: "Significa que você é bonita." Entretanto, eu não me achava bonita, uma vez que a atenção dos homens fazia com que eu me sentisse culpada.

Ao voltar para casa, eu me fechava no banheiro e, na frente do espelho, nua, ficava com vergonha da acne que me deformava as bochechas, a testa e o queixo, do inchaço daquela carne dilatada que despontava sob os mamilos. Sentia em meu corpo a culpa de crescer.

Por volta do fim de setembro, nos cruzamentos na frente das bancas de jornal e da igreja, as pessoas falavam de "Abissínia italiana", "areias da vitória" e diziam "Abaixo o Negus". Um dia, meu pai voltou para casa com uma garrafa de espumante, uma daquelas caras, e nos comunicou que devíamos festejar.

Pôs o vinil das árias de ópera famosas, pediu a Carla que arrumasse a mesa e cozinhasse risoto com açafrão, que era o prato preferido dele.

Fazia tempo que não o via tão feliz. Cantava com voz forte e desafinada: "*E a te, mia dolce Aida, tornar di lauri cinto. Dirti: per te ho pugnato, per te ho vinto!*" E quando Carla tentou ajudá-lo a abrir a garrafa de espumante, ficou ofendido e insistiu que ele dava conta.

Faltava linguiça, mas o risoto estava saboroso. O pão, recém-comprado na padaria, estalava sob os dedos e tinha um aroma quente.

— O que estamos festejando? — perguntou minha mãe, que não tinha costume de beber e já estava com o rosto corado.

— A concessão dos chapéus para as tropas — disse papai — é oficialmente nossa.

Minha mãe ergueu a taça para que Carla servisse mais espumante.

— O sr. Colombo manteve a palavra — declarou ela com um gesto orgulhoso.

— Mérito da qualidade do nosso feltro. — Papai bebeu o espumante, estalou os lábios e acrescentou: — Se essa bendita guerra realmente acontecer, vocês vão ver que os pedidos continuarão a aumentar.

Eu não queria guerra, mas estava feliz em ver meu pai daquele jeito. Por sorte, o papelão que eu fizera com o sr. Colombo não havia arruinado os negócios. E ele continuaria a me amar.

Passei o pão no prato, para recolher o que havia sobrado. Naquele período, eu tinha uma fome nervosa e insaciável.

— Você limpou o prato que foi uma beleza — comentou meu pai enquanto o miolo absorvia o molho.

Minha mãe nos lançou um olhar incandescente.

— Isso não são modos de uma moça educada.

— Deixe-a um pouco em paz, ela precisa crescer — rebateu meu pai, rindo. — Está ficando bem robusta, a nossa Francesca. Mais alguns anos e teremos uma fila diante da porta, você vai ver. Vamos ter que espantar os pretendentes a paulada.

Apertei os braços em volta da barriga, comprimida pelo cós da saia, e recomecei a mastigar.

Carla tirou a mesa em silêncio. Parou antes de entrar na cozinha e fez o sinal da cruz. Estava assustada. Dizia que, na guerra, só morriam pessoas honestas, enquanto quem estava no alto e mandava os outros para o combate não dava a mínima.

— Sinto em meus ossos — disse meu pai, limpando a boca com o guardanapo. — De agora em diante, tudo vai melhorar.

11.

A guerra foi declarada na noite de 2 de outubro.

Fazia um frio terrível e a *scighera*, a neblina do outono, estava densa como manteiga. A Piazza Trento estava abarrotada, mas só se intuía a presença da multidão pelos ruídos, pelo zumbido da espera. Dos alto-falantes saía um silvo rouco e, na sacada da prefeitura, as autoridades enfatiotadas nas fardas esperavam com as mãos nos quadris e as costas eretas.

Lampejos de bandeiras tricolores e estandartes emergiam da neblina e voltavam a submergir com a trombeta de bronze do monumento aos mortos pela pátria.

Maddalena, que olhava para o chão, disse:

— Eles acham mesmo que é motivo para ficar feliz?

De repente, os alto-falantes chiaram e a voz de Mussolini pareceu sair do nada. Era tonitruante, orgulhosa, mas o Duce fazia pausas demais para respirar e me fez pensar nos peixes que abriam e fechavam a boca arregalando os olhos pegajosos quando Maddalena os agarrava, apertando-os entre os dedos.

O Duce falava com ardor dos homens e das mulheres que haviam se reunido nas praças:

— A manifestação deles deve demonstrar, e demonstra, ao mundo que a Itália e o fascismo constituem uma identidade perfeita, absoluta, inalterável. Acham o contrário apenas os cérebros envoltos na mais crassa ignorância a respeito dos homens e das coisas da Itália, desta Itália de 1935, ano XIII da Era Fascista. Há muitos meses, a roda do destino, sob o impulso da nossa calma determinação, se move rumo à meta: nestas horas, o ritmo é mais veloz e irrefreável do que nunca.

Explodiram os gritos, os cânticos, os vivas, gritados por um único e monstruoso ser sem forma nem corpo que estava à nossa volta.

Durante toda a noite, foram transmitidos discursos e canções. Por toda a cidade, as pessoas estavam tomadas por uma agitação incomum, como se só naquele momento, naquele grito de guerra, encontrassem a própria razão de viver e tivessem bastado as palavras daquele homem, que haviam visto em retratos nas paredes dos escritórios municipais ou nos cinejornais e que falava de uma sacada em uma cidade conhecida apenas por meio de cartões-postais e livros ilustrados, para lembrar que elas faziam parte de um povo, de um país com um único líder e um único Deus.

Cantavam "Faccetta Nera" e agitavam as bandeiras com tanto vigor a ponto de dissipar, por alguns instantes, a névoa. Aquela energia antiga, animalesca, me suscitava uma descarga fortíssima. Embora não compreendesse como a notícia de um conflito podia provocar alegria nas pessoas da mesma forma que umas férias descontraídas, não podia evitar ser arrastada por aquele ímpeto desenfreado. Era bom sentir-se parte de alguma coisa impetuosa e perigosa, embora caótica.

Três dias após a declaração de guerra à Etiópia, Ernesto recebeu o cartão da convocação militar.

De gravata e com uma camisa limpa, apresentou-se à sede do Grupo do bairro para pedir que adiassem a partida dele até a primavera, após a celebração das núpcias, mas ninguém teve tempo de escutá-lo. Todo italiano devia dar a própria contribuição à causa e não importava se tinham filhos, mulheres, noivas ou pais doentes. Tivessem paciência e esperassem a volta dos respectivos parentes, em nome da pátria. Sacrifícios eram exigidos de qualquer pessoa em troca de um bem maior, que eu não conseguia entender qual era.

Donatella se ofereceu para convencer Tiziano a interceder junto ao pai.

— Com a posição dele, certamente poderá encontrar uma desculpa.

Ernesto cerrava os dentes.

— E para quê? Para eu ficar circulando por aí dizendo que anseio pela guerra, mas que não posso ir por causa de uma doença cardíaca incurável? Prefiro a Abissínia a esta altura. Pelo menos, você volta de lá com a alma serena e o devido orgulho. E livre. Porque não quero me meter com os fascistas.

Donatella chorava, dizia que ele não entendia.

Luigia também implorava:

— De que serve para mim seu orgulho lá longe? Melhor um fascista em casa do que estar livre na África. Ou talvez até morto.

Ernesto arregalava os olhos, batia a palma das mãos na mesa e dizia que não abandonaria por nada no mundo os princípios em que acreditava. Na vida, havia jurado fé a somente duas coisas: ao Senhor e a Luigia, à qual gostaria de confirmar a promessa mais uma vez, para sempre, com a bênção de um padre e grãos de arroz presos no colarinho. Tinha poupado o suficiente para que a família pudesse se sustentar sem preocupações demais enquanto ele estivesse longe, dizia. Depois, quando via Luigia tremer e suspirar forte, segurava o rosto dela entre as mãos, beijava-lhe a testa e afirmava:

— Você vai ver, vou voltar logo.

Luigia tirava os óculos embaçados, enfiava o rosto no peito dele e se esforçava para sorrir.

— E agora, sem você de manequim, como vamos terminar o vestido?

* * *

Em 6 de outubro, na hora do jantar, estávamos em silêncio diante do rádio, a sopa esfriando no prato. Uma voz severa mas tranquila anunciou que Aduá fora conquistada.

Após somente três dias de combate, a primeira vitória. Carla estava na cozinha rezando para que o conflito acabasse logo. O irmão caçula, que sempre repetia "Muitos inimigos, muita honra", embarcara como voluntário.

"Começa o caminho da expansão no mundo", dizia o rádio. "A Itália inicia por Aduá, reconquistada e reconsagrada, sua missão de grande nação colonial."

No fundo, o jogo da guerra era fácil. Ernesto voltaria depressa e o casamento seria ainda mais festivo. Na primavera, talvez: a noiva com flores no cabelo e Maddalena, pelo menos uma vez na vida, penteada e de sapatos brilhando. Eu compraria um vestido novo, de adulta, com a cintura marcada e a saia que deixava à mostra os tornozelos. Maddalena riria e eu dançaria as canções da festa com a ponta dos pés equilibrada sobre os dela.

12.

Ernesto devia partir na manhã da segunda-feira, dia 14, quando as aulas teriam início. Iria se juntar a um batalhão para o curso de instrução e, dali, embarcaria para a África.

Luigia rezara para que o destinassem a um regimento na Itália, talvez em Verona ou Florença, mas não foi escutada. Talvez lá em cima, no paraíso, as coisas funcionassem como na sede do Grupo do bairro e não tivessem tempo para dar atenção a uma costureirinha.

Maddalena queria faltar ao primeiro dia de aula para acompanhar Ernesto até a caminhonete militar, despedir-se até que o veículo desaparecesse no fundo da rua e a garganta dela secasse de tanto gritar. Ele, no entanto, a fez jurar que iria à escola e se comportaria bem.

— Só quero dez no boletim. — Ele lhe deu um beijo na bochecha, bem na mancha que diziam ser a marca do diabo. — Não deixa de ter fé.

No domingo antes da partida, os Merlini organizaram um almoço, com salame cozido e bolo de castanhas, e eu também fui convidada.

— Você já é de casa — dizia Ernesto.

Luigia mordia o lábio sem parar e tinha os olhos inchados; Donatella estava sentada sozinha diante da janela, fumando um cigarro que havia tirado da cigarreira de prata, um presente de Tiziano Colombo. Por dias a fio, havia acusado Ernesto de não permitir que ela o ajudasse, e, agora que não havia mais jeito, ele iria à guerra, não conseguia deixar de culpá-lo.

— Seu maldito orgulho — dizia —, quero ver o que vai fazer com ele depois.

Foi um almoço triste, mesmo com Ernesto se esforçando para tornar a atmosfera alegre. A janela estava aberta, apesar do frio, para ouvirmos a música que vinha do apartamento no andar de cima. Quando tocaram "Faccetta Nera", Ernesto a fechou e enrolou um cigarro em silêncio, umedecendo o papel com os lábios. A fumaça do cigarro encheu a cozinha e ele se entristeceu.

A mãe de Maddalena, na cabeceira da mesa, raspava com o garfo o prato de bolo de castanhas vazio, e disse:

— Se Mussolini soubesse, não existiriam tantas injustiças. Seria necessário contar a ele as desventuras que sofremos nós, gente pobre. Podemos escrever uma carta, quem sabe.

Luigia buscou o olhar de Ernesto, que soltou um riso amargo.

— Como se ele se importasse com isso.

— A Providência quis salvá-lo daqueles atentados. Significa que ele tem a proteção dos santos — insistiu a mãe.

— Significa que aquele ali é como uma mosca — replicou Ernesto, e bateu com a palma da mão na mesa, o que fez voar tabaco esfarelado. — É difícil matá-lo. É preciso se empenhar. Tentar várias vezes, até conseguir.

Luigia começou a esquentar a água para o café de cevada; enquanto isso, Maddalena me levou para o quarto onde ela e os irmãos dormiam. Acima da cama de Ernesto havia um crucifixo e uma imagem de São Francisco pregados na parede junto a recortes de jornal com fotos de Nuvolari e Learco Guerra, que, no ano anterior, havia vencido o Giro d'Italia. Na mesinha de cabeceira de Donatella, viam-se um cartão que retratava De Sica em uma cena de *Gli uomini, che mascalzoni...*, um estojo de pó de arroz e um romance policial: *Assassinato na casa do pastor*.

Quanto a Maddalena não havia nada, só as pedras lustrosas que ela recolhia no rio. No quarto, só existia espaço para as camas, nada que permitisse um pouco de isolamento.

Maddalena me fez sentar na sua cama, o colchão cheio de buracos nos quais você afundava. Ela me contou que, à noite, examinava as rachaduras no teto e não conseguia dormir. Então afastava a coberta e tentava rezar, mas não conseguia.

— Você precisa me ensinar como se faz — pediu ela. — Não consigo.

— Não é uma coisa que alguém possa ensinar.

— É, sim — insistiu. — Como você precisa ficar? Assim? E o que mais? Depois o que se deve fazer? Você deve falar com a Virgem Maria como fala com gente rica? Dizer "por favor" e "obrigada"?

— E por que quer agora começar a rezar?

— Só quero que ele volte — respondeu, com um olhar sombrio —, e não vou pedir mais nada pelo resto da vida.

Eu nunca a tinha visto tão abatida. A obstinação e a raiva tinham sumido. No entanto, os olhos estavam secos, o olhar feroz de sempre.

Ajoelhei-me ao lado dela, os cotovelos em cima da cama e a testa encostada nas mãos unidas. Juntas, recitamos a ave--maria e o pai-nosso, Maddalena me seguia devagar porque não se lembrava direito das palavras. Com ela a meu lado, toda aquela história da fé voltava a ganhar um sentido e uma dimensão humana, longe do cheiro de incenso e da igreja. Com Maddalena, eu também voltava a crer, em segredo.

Quando chegou minha hora de voltar para casa, Ernesto se despediu de mim e disse:

— Estou feliz por Maddalena ter conhecido você. — E bateu com a ponta do cigarro na palma da mão, enrijecendo os ombros.

Assemelhava-se à irmã na aspereza dos gestos, mas também na vulnerabilidade, que tentava manter escondida, e na fisionomia capaz de enfrentar até o diabo.

— As pessoas a chamam de um nome cruel — continuou, e colocou o cigarro na boca. — Ela vestiu isso como uma armadura e agora sente orgulho. É uma garota forte. Não se importa com o que os outros dizem. Hoje em dia, isso é a única coisa que conta.

— Ela não tem medo de nada — afirmei, tentando manter o queixo erguido como ela fazia.

— Isso nem sempre é bom. — Ernesto encostou o isqueiro no cigarro e inspirou fumaça. — Prometa para mim que vai ficar perto dela.

Eu me senti importante, investida de um dever sagrado: a heroína daqueles romances que falavam de duelos com espadas e de amor, em que os protagonistas morriam um pelo outro e usavam palavras difíceis.

— Prometo.

No dia seguinte, eu disse à minha mãe que não queria mais que Carla me levasse à escola, uma vez que já estava grande. Vesti o capote, peguei a bolsa com os cadernos novos e saí sozinha. O ar rarefeito da manhã desarrumava meu cabelo e fustigava meu rosto.

Maddalena me esperava na fonte diante do Palácio Frette, do outro lado do largo Mazzini.

— Você vai se aborrecer — comentei enquanto caminhávamos lado a lado na calçada. — Vai ter que ouvir novamente as mesmas coisas do ano passado.

Maddalena havia pegado um galho e ia batendo com ele nas grades das casas.

— Desta vez é diferente. Ano passado você não estava lá. E também prometi me comportar bem. — Estava com o rosto limpo, o cabelo atrás das orelhas e as meias brancas. — No fundo, um ano passa rápido. — Esticou a mão e segurou a minha, passando o polegar sobre os nós dos meus dedos rachados por causa do frio. — Vamos andar mais depressa, senão chegamos atrasadas.

Eu estava assustada e feliz de começar aquela escola que tinha um nome tão pomposo: Ginásio Inferior. Fazia com que eu me sentisse grande. Durante a quinta série, eu havia estudado muito para o exame de admissão, e a mera possibilidade de não passar me provocou pesadelos terríveis.

Na escola, com todas as regras, todos os horários e as avaliações, eu sentia que tinha um objetivo e um horizonte a ser alcançado. Havia uma estrada que eu entendia, uma missão. Como nos romances.

Chegamos à escola esbaforidas, mas sempre de mãos dadas.

Entrávamos separados: de um lado, os meninos; do outro, as meninas. Turmas separadas, tais quais as entradas, como se tivesse sido Deus a erguer entre homens e mulheres uma barreira que só cairia com o casamento.

Se não me senti perdida, foi graças à mão de Maddalena, conduzindo-me para além do portão de entrada com as faixas tricolores, pelo pátio e pela escadaria com o retrato de Rosa Maltoni, a mãe de Mussolini, que havia sido professora — a expressão dela era submissa e obediente, e embaixo do retrato havia maços de rosas e guirlandas, como em um altar.

Nossa sala ficava no segundo andar. As amplas janelas deixavam entrar muita luz e na parede do fundo estavam pendurados os retratos do rei, da rainha e do Duce, além de um crucifixo. O quadro-negro cheirava a sabão, os apagadores novos estavam empilhados na prateleira de madeira.

Maddalena me levou até a última carteira: lá no fundo, você podia se distrair e espiar pela janela.

— Trabalhei nisto aqui o ano passado todo — falou, orgulhosa, mostrando um buraco com a largura de um dedo que atravessava de um lado a outro o tampo basculante.

— Aqui está bom?

— Não. Este ano, vamos ficar na primeira fileira.

As garotas nos olhavam curiosas enquanto atravessávamos de mãos dadas a sala de aula e depois voltávamos até as primeiras carteiras, nas quais ninguém queria ficar. Elas usavam tranças bem apertadas ou fitas no cabelo, os joelhos lisos como miolo de pão modelado manualmente por muito tempo, e ficavam compostas, a coluna ereta e os tornozelos cruzados.

Embora fosse um ano mais velha, a Maldita era pelo menos dois centímetros e meio mais baixa que todas, mantinha o laço do avental desamarrado e não fazia nada para esconder as feridas.

Quando a professora de italiano e latim entrou, ficamos em pé para fazer a saudação. Depois da chamada, ela se apresentou com poucas e breves palavras. Disse que na turma em que ela lecionava não havia espaço para preguiçosos e não gostava de quem reclamava. Com a autorização dela, nos sentamos em meio a um zumbido de palavras confusas. As carteiras eram unidas de duas em duas e estavam cobertas de rabiscos entalhados por gerações de apontadores de lápis.

Eu estava com a respiração ofegante, pois receava não estar à altura.

Embaixo da carteira, Maddalena pôs a mão na minha coxa. O cheiro gostoso e familiar da pele dela me tranquilizou. "Estou aqui", dizia. E aquilo era suficiente.

Embora Maddalena tentasse se empenhar, dava para ver que a escola não era o lugar dela.

A fita do avental a incomodava, assim como ter que pedir permissão para ir ao banheiro não sem antes dizer "Perdão, senhora professora". Odiava principalmente o ritual da saudação matinal, quando, em pé ao lado da carteira, erguíamos o braço direito com os dedos esticados na direção do retrato de Mussolini, batendo os saltos e pedindo ao Senhor proteção para "o Duce, os soberanos e a nossa querida pátria". As outras garotas a olhavam de esguelha, apontando para os sapatos, os joelhos, o cabelo mal cortado e para a mancha brilhosa na têmpora. No recreio, aproximavam-se dos aquecedores com pão branco coberto de manteiga e riam do pão preto dela, e, quando ela dizia "O que estão olhando?", iam embora com o rabo entre as pernas.

Já eu estava começando a gostar da escola, apesar de as primeiras aulas de latim estarem me causando dificuldades. O som de uma língua tão antiga era bonito. E me emocionavam as histórias de heróis e deuses, de enganos e batalhas, de amores grandiosos. Se Monza queimasse como Troia, eu pegaria Maddalena nos ombros e fugiríamos juntas sem jamais olhar para trás. E fundaríamos uma terra só nossa da qual seríamos rainhas.

Eu sempre havia sido definida como uma menina "tranquila e bem-educada". Aquilo não era mais suficiente para mim. Eu queria que me chamassem pelo meu nome, dizendo: "É a melhor."

Gostava quando me davam distintivos com a bandeira e comentavam que eu havia feito um ótimo trabalho. As coisas mais importantes, porém, eu continuava a aprender com Maddalena: como fazer as pedras quicarem horizontalmente no rio, por que os garotos corriam atrás das garotas e como as crianças fazem para inchar tanto a barriga das mães antes de nascer. As coisas que Maddalena me explicava eram simples e misteriosas ao mesmo tempo, como a rotação dos planetas ou a formação das montanhas, mas encobertas pela vergonha e pela reticência dos adultos, que as tornavam proibidas, clandestinas e, por isso, interessantes.

Percebi que ficava mais feliz quando quem me dizia "muito bem" era ela. Eu gostava de causar-lhe admiração quando a ajudava a resolver um problema difícil na escola ou repetia a diferença entre um complemento nominal e um adjunto adnominal. "Você entende depressa essas coisas", dizia ela, voltando a se concentrar no caderno com orelhas e manchas.

Esforçava-se por causa do irmão, para quem escrevia uma carta por semana. Com a minha ajuda. Finalmente, desde o início da nossa amizade, eu percebia que também estava dando algo a ela. Até então, nunca havia me sentido indispensável.

13.

Maddalena sabia ser desobediente também às escondidas. E orgulhava-se disso. Eu tinha medo de responder à professora, de encarar os adultos que falavam comigo e aceitava qualquer bronca sem jamais tentar argumentar com "não fiz de propósito".

Ela, por sua vez, mesmo nas situações em que se via obrigada a pedir desculpa, a dizer "por favor" ou "perdão", fazia isso com um ar desafiador. Por fora, parecia irrepreensível e humilde. Por dentro, entretanto, cultivava uma revolta secreta.

Não se rebelava nem mesmo quando a representante da turma — a qual, se a professora se ausentava, escrevia no quadro-negro o nome das boas e das más alunas em duas colunas separadas — a colocava no topo da lista das más alunas porque ela era "a Maldita" e "se ainda não tinha feito alguma coisa malvada, estava prestes a fazer".

Eu queria me levantar, dizer que aquilo não era justo, mas ela fazia que não, ou seria pior. Conhecia a maldade das garotas da escola, desleal e sussurrada, cheia de enganos e falsidades ditas pelas costas, mas que, cedo ou tarde, se extinguia como o fogo que queima a grama seca.

Então Maddalena suportava. Suportava as bolinhas de papel que jogavam nela enquanto riam da sua pronúncia capenga em latim, suportava quando no pátio lhe atiravam pedras e tinha que se proteger com a bolsa de couro. As piores eram cinco garotas do segundo ano que haviam sido da turma dela. A líder era Giulia Brambilla, a filha do farmacêutico, em quem, no ano anterior, Maddalena tinha dado um soco, fazendo-a cuspir um dente.

Giulia chegava de manhã em um carro preto com motorista, acompanhada da governanta. Tinha cachos claros e definidos como os das mulheres das revistas e um sorriso de aluna obediente no qual destoava o buraco do incisivo perdido. Tirava boas notas e tinha bons modos, além de falar com os professores em tons amenos, mas com Maddalena era agressiva e despudorada, sempre atenta a não ser descoberta pelos adultos: atirava-lhe punhados de terra, jogava no bolso do avental dela pedaços mastigados da própria merenda, puxava-lhe o cabelo até arrancar alguns fios e a chamava de "bruxa maldita".

Maddalena não reagia. Eu ficava com raiva. Tínhamos que contar aos professores, responder às provocações, fazê-la pagar. Era com a Maldita que eu havia aprendido o prazer da rebelião e não entendia por que naquele momento ela sofria em silêncio.

— Eu prometi — respondia ela.

Comigo, porém, Giulia e as amigas eram gentis: diziam que eu tinha o cabelo bonito e me perguntavam se alguém me paquerava. Aquilo era o que eu mais odiava.

Um dia, estávamos correndo no pátio e Giulia Brambilla pôs o pé na frente de Maddalena, que caiu sem sequer ter tempo de pôr as mãos na frente. Ralou os joelhos e o queixo.

— Está doendo? — perguntei enquanto ela limpava do avental a poeira do chão.

Ela deu uma risada que era como sandálias pisando em pedras.

— Nem um pouco.

Ainda assim, teve que ir à enfermaria porque o sangue embaixo do queixo não estancava, continuava a escorrer entre os dedos pressionados contra a ferida e manchava o avental.

Ela não disse uma palavra a Giulia Brambilla, ignorou-a completamente, como se tivesse tropeçado e se machucado sozinha.

Assim que Maddalena desapareceu do outro lado do pátio, virei-me para Giulia e as amigas, que ainda estavam rindo.

— Por que vocês a odeiam tanto? — perguntei, tentando imitar o orgulho de Maddalena.

— Aquela lá? — indagou Giulia. — A gente não odeia.

— Então por que põem o pé na frente dela, atiram pedras e fazem outras maldades?

— Estamos nos defendendo.

— Se defendendo?

— Fazemos antes que ela faça.

— Maddalena não quer fazer nada a vocês.

— Você não sabe que não deve pronunciar esse nome? Dá azar.

Engoli a saliva.

— Maddalena é minha amiga.

— A Maldita não tem amigas. Não pode ter.

A palma das minhas mãos estava suada, meu coração pulsava fortíssimo nos ouvidos. Giulia Brambilla insistia:

— E sabe por que ela não tem amigas?

Os cachos claros batiam-lhe nas bochechas.

— Por quê? — Percebi que eu estava gaguejando.

— Porque quem fica perto dela acaba se machucando.

As amigas atrás dela riram, exceto uma, que ficava calada em um canto.

— Não é verdade — reagi.

— Ela falou do irmão?

— Claro que falou. Ele caiu.

— Tem certeza?

— Absoluta!

— E sobre o pai, ela contou? E sobre Anna Tagliaferri? — Ela deve ter percebido a surpresa no meu rosto, porque continuou: — A perna do pai dela ficou presa em uma prensa.

— Eu sei — respondi, tentando fazer com que meu pescoço, meus ombros e minhas pernas se lembrassem da postura de quando eu e os Malditos nos desafiávamos à margem do rio.

— E você sabe também que, na mesma manhã, a Maldita tinha brigado com o pai e dito que, se ele não voltasse, não faria falta?

Senti a garganta seca.

— E você sabe da Anna Tagliaferri?

— Não — fui obrigada a admitir.

— Ela não contou que fez a Anna bater com a cabeça na carteira até jorrar sangue?

— Foi um acidente.

— Ela bateu dez vezes. Não parava mais, parecia um martelo batendo em um prego. Itala viu tudo. No primário, elas eram da mesma turma. Conta, Itala.

A garotinha que estava apartada se aproximou. Tinha dentes tortos e tranças. Anuiu ligeiramente, tremendo.

Giulia cruzou os braços e me examinou demoradamente.

— Você quer cair da janela ou perder uma perna?

— Claro que não — disse de um fôlego.

— Então fica longe dela. A Maldita tem o diabo dentro dela. E se você também for beijada pelo diabo, não escapa mais. Nem se morrer, porque vai para o inferno.

Fiquei em silêncio, sufocada pela angústia e pelo sentimento de culpa causado por minha boca que não conseguia encontrar argumentos para rebater. "Vocês me dão nojo", eu gostaria de ter dito, "é tudo mentira, vocês são umas mentirosas". Em vez disso, permaneci calada. Por quê? Por que não conseguia dizer o que pensava e continuava a engolir as palavras, até que parassem no fundo do estômago, queimando?

— Tenho certeza de que o irmão mais velho dela vai morrer. Não vai voltar da guerra. Vai sufocar na areia da África. Você vai ver se não é verdade.

Ela riu e as amigas fizeram o mesmo. Exceto Itala, que tinha se escondido novamente atrás de Giulia Brambilla, mas uma garota deu-lhe uma cotovelada e ela se esforçou para dar uma risada sufocada.

Só então percebi que Giulia Brambilla já tinha parado de me observar havia um tempo e estava olhando para um ponto atrás de mim. Virei-me e vi Maddalena, que exibia um curativo no queixo. O modo como ela nos olhava me deu medo.

Dois dias depois, encontraram Giulia Brambilla no pé da escadaria.

Tinha caído e machucado a testa. Recobrou a consciência só depois que os médicos chegaram e a levaram embora. Estava com o rosto sujo de sangue e berrava. Ficou com os cachos ensopados e grudados na cabeça. Um sapato havia escapado do pé e ficado suspenso em um degrau. Estávamos debruçadas no parapeito do segundo andar e alguém apontava para a mancha escura na escada de mármore, borrada pelas marcas das solas de quem a havia socorrido. Do retrato, Rosa Maltoni continuava a observar o ponto em que Giulia havia caído. Os ramalhetes de flores haviam apodrecido e exalavam mau cheiro.

A professora de italiano nos mandou voltar para a sala, mas ninguém a obedeceu. Estávamos todas aglomeradas no corredor: garotas da primeira série, com tranças, e da quinta série, com penteados iguais aos das revistas, embora geralmente não nos misturássemos.

— Ela foi empurrada — disse uma garota da segunda série com fitas no cabelo.

— Foi empurrada, só pode ter sido — acrescentou a representante da nossa turma.

— Por quem?

— Pela Maldita.

— Alguém viu alguma coisa? — perguntou uma garota da terceira série.

— Ela não pode ter caído sozinha.

— Foi a Maldita, sem dúvida.

— Ela é má.

— Foi ela quem a empurrou.

As vozes se sobrepunham, cada vez mais altas para que fossem ouvidas por cima do toque do sino, que o inspetor continuava a badalar para que voltássemos à ordem.

Procurei-a em meio às outras, mas nada.

A professora gritava "Para a sala, para a sala", enquanto todas continuavam a abrir caminho na direção do vão da escada para conquistar um lugar na primeira fila. E de repente fez-se silêncio.

Maddalena avançou como Jesus ressuscitado entre os apóstolos, e todas, emudecidas, abriram espaço para ela.

Foi quando chegou ao parapeito e olhou para baixo, sem dizer uma palavra, que uma voz desconhecida gritou da aglomeração:

— Lá está ela. Foi ela, foi ela.

— Cuidado, porque ela também vai jogar você lá embaixo — advertiu uma outra.

— Depois você fica amaldiçoada. Fiquem longe dela!

— Por que ela não fala?

— Não deixem que toque em vocês.

— Está triste porque queria matá-la. Mas não conseguiu.

— Agora precisa encontrar outra pessoa para dar ao diabo.

Maddalena se virou.

— Não é verdade. — Esquadrinhou as garotas uma a uma, com a expressão de alguém que está pronta para lutar.

A clareira em torno dela se alargou, algumas se afastaram do grupo e foram para o fim do corredor, onde o professor de matemática e a professora de latim começavam a levar para a sala as alunas da turma C da primeira série com a ajuda do inspetor.

De repente, Maddalena me pareceu frágil. Nos olhos, porém, havia um orgulho luminoso.

Eu queria esticar o braço, ir na direção dela, preencher o espaço que nos separava e dizer "Não acredito nisso", mas não conseguia. Era como se eu não estivesse dentro do meu corpo, mas, sim, sentada um pouco mais atrás, observando a mim mesma olhar a Maldita.

Foram os olhos dela que me fizeram voltar a mim, a sentir novamente o chão sob os sapatos. Ela estava me procurando.

As vozes das garotas se tornaram uma cantilena obsessiva:

— Ela empurrou Giulia como fez com o irmão, queria matá-la. É ela quem faz essas coisas acontecerem.

— Você a empurrou? — perguntei de um fôlego.

Aquela pergunta que não era minha me subiu à garganta, um sibilo temeroso que não me pertencia, como se, atrás de mim, houvesse outra pessoa a me guiar, como uma marionete, assustada e com medo, uma pessoa mesquinha — alguém que eu jamais desejaria ser.

O rosto dela relaxou e, de repente, a segurança se dissolveu.

— Está mesmo me perguntando isso?

— Você tinha prometido — respondi, com um leve tremor.

A Maldita contraiu o rosto em uma careta, igual à que fazemos quando chupamos limão.

— No fim das contas, você é igual aos outros. — E saiu depressa, abrindo caminho entre as garotas que gritavam.

Fiquei olhando para ela com uma sensação de fraqueza.

A culpa tinha o sabor de um soco no estômago.

— Maddalena! — gritei.

Ela, porém, já havia sumido.

Fui atrás dela enquanto as outras voltavam para a sala de aula em ordem, em fila dupla.

A decepção que vi nos olhos dela ardeu dentro de mim.

Corri até o salão sombrio onde passávamos o recreio nos dias de frio. Os banheiros dos dois lados exalavam um cheiro fétido. À direita, ouvi um ruído de choro sufocado.

— Maddalena — sussurrei, incerta.

Segui aquele som indistinto até parar na frente da última cabine.

— Maddalena, desculpa — pedi e empurrei a porta.

No canto escuro, uma forma encolhida se sobressaltou quando a espessa nesga de luz lhe atingiu o rosto.

— Vai embora!

Eu a reconheci pelos dentes tortos e pelas tranças de um castanho desbotado.

— Itala?

— Me deixa em paz!

— O que está fazendo aqui nesse estado?

— Eu só queria assustá-la. — Ela soluçou, a nuca apoiada nos azulejos. Estava com o rosto vermelho e o nariz escorrendo. As palavras saíam entrecortadas: — Não fiz de propósito. Eu juro — choramingou como uma menininha. — Eu não aguentava mais. Giulia é malvada, mas eu não queria que ela morresse. De verdade, não queria. Por favor, não conte a ninguém — suplicou.

— Não chora. Chorar é coisa de gente idiota — disse antes de fechar a porta.

Encontrei Maddalena afundada na poltrona em frente à sala do diretor, embaixo do grande retrato da família real.

Estava sentada, composta, os joelhos alinhados. Ela me viu e se virou para o outro lado.

— Sei quem fez aquilo.
— Por que não está na aula?
— Foi a Itala. Ela me disse.

Maddalena continuava a olhar para uma gravura empoeirada que retratava os foros romanos.

— Maddalena, deixa disso — pedi.
— E daí?
— Agora podemos contar ao diretor, não?

Ela riu, mas era uma risada tensa, patética.

— De qualquer maneira, não acreditam em mim.
— E se eu for junto?
— Nem você acreditou em mim.

Da sala do diretor, uma voz imperiosa chamou:
— Merlini.

Ela se levantou, bateu as solas dos sapatos no chão e me deu as costas.

— Vamos juntas — insisti.
— Você não sabe de nada — declarou, tremendo. — Disseram que fui eu e, a esta altura, é assim e ponto final.
— Mas não é verdade!
— A verdade em que querem acreditar é a única que vale. Eles já decidiram, você não entende?

Estiquei a mão para segurar a dela.

— Eu vou com você. Eles precisam acreditar em mim.

Ela se retraiu com um gesto nervoso.

— E quem é você? — disse com um olhar malvado. — Eu não te conheço.

14.

Naquela noite, caiu uma chuva furiosa e cinza, tão forte que não dava para enxergar o outro lado da calçada. Continuou assim por dias, sem parar, o Lambro bramia e transbordava. A água arrastava as árvores que cresciam nas bordas, invadia os porões e quebrava caixotes de vinho, móveis velhos, resvalava na parte de baixo das pontes, avolumando-se em um lodo lamacento e negro, e manchava de terra as pedras.

E eu pensava: *Dentro de mim é a mesma coisa.*

Os dias sem Maddalena foram tristes e sem sentido. Dias vazios que desaguavam um no outro.

Não mantive a promessa feita a Ernesto. Não fui capaz de ficar perto dela. E sem ela eu estava mutilada. Estava nua e sem defesas.

Sem ela, meu mundo morria.

Sentávamo-nos lado a lado na carteira, mas ela não olhava para mim. A indiferença era uma dor gelada que me estrangulava o fôlego no peito. A professora passava os verbos latinos a serem conjugados e eu me oferecia para ajudá-la, mas ela escondia a folha sem dizer uma palavra. Eu lhe deixava meu lanche, pois tudo que ela levava era uma fatia de pão preto, mas, quando voltava do recreio, encontrava-o na carteira, intacto. Eu pedia "desculpa, desculpa, desculpa" de mil maneiras, mas nada. Então abria a palma da mão, virava-a para o alto e enfiava a ponta da caneta na carne macia, com força, até tirar sangue. Mostrava para ela, que virava a cabeça.

Maddalena, que sempre havia se recusado a brincar de faz de conta, agora fingia que eu não existia mais.

Ela não precisava de mim. Ouvia os professores, fazia anotações de maneira obsessiva e, no recreio, ficava na sala repassando a aula. Os professores, na maior parte do tempo, a ignoravam por causa da história com Giulia Brambilla, que nesse meio-tempo tinha voltado com ataduras na testa e muletas, mas não quis falar do incidente com ninguém.

À tarde, depois da aula, eu tinha adquirido o hábito de ir até a ponte dos Leões e espiar do alto os Malditos, como fazia muitos meses antes, em uma vida que parecia pertencer a outra pessoa.

Eu esperava que eles notassem meu olhar. Contudo, eu era um fantasma do passado, uma sombra esquecida.

Voltava para casa com a alma no chão. Fechava-me no quarto, ignorando as tentativas de Carla de romper a couraça que eu havia criado à minha volta. Minha mãe passava quase todas as tardes fora e, quando voltava, a primeira coisa que fazia era sorrir para si mesma no espelho e pentear o cabelo com os dedos. Nunca se interessava por mim, cantava árias de operetas e comparava o próprio rosto ao das atrizes das revistas. Se Carla pedia dinheiro para a carne e o leite, ela o deixava em cima da mesa da cozinha no dia seguinte sem dizer nada. Parecia querer fingir que morava sozinha. Meu pai estava preocupado porque o fornecimento de feltro de coelho de Forlì estava atrasado.

Às vezes, eu enfiava as unhas nos braços e começava a me arranhar para evocar as feridas dos gatos no verão. Aquela dor expulsava a outra, ainda que por pouco tempo. Entretanto, eu sabia que, embora ninguém parasse na rua com a finalidade de apontar para mim e me chamar de "bruxa", era eu quem merecia ser mastigada pelo diabo por toda a eternidade. Eu me sentia como na época da morte do meu irmão, tendo que esconder minha culpa, da qual não podia falar. Maddalena confiava em mim, e eu a havia traído. Eu me iludira ao achar que era corajosa como os heróis dos mitos, que podia tê-la salvado de tudo, do fogo e da Hidra, cujas cabeças voltam a crescer. Em vez disso, era culpada sem redenção e, por poucos e terríveis dias, desejei morrer.

15.

Por volta do fim de novembro, aconteceu uma coisa que nunca esquecerei. Na saudação matinal, Maddalena permaneceu no lugar e, ao chamado da professora, declarou:

— Por esse aí, não me levanto. Nem morta.

O silêncio tomou conta da turma como uma sensação pegajosa na pele, como o suor nas tardes de verão, quando não há um sopro de vento sequer e mesmo na sombra derretemos.

Desde a primeira série, ensinaram-nos a amar o Duce com cantilenas decoradas que comparavam o nascimento dele ao do menino Jesus e contavam a história da vida do líder quase como se fosse uma transfiguração.

Nenhuma de nós jamais havia cogitado questionar a existência dele ou a aura sacra que o circundava. O futuro não poderia ser diferente do presente. O Duce era, e sempre seria, eterno. Dava medo pensar que ele poderia não existir mais.

Eu não gostava dos seus retratos pendurados por toda parte: aquele rosto sempre me pareceu um enorme polegar, embora as garotas dissessem que ele era bonito, que se casariam com ele quando crescessem, beijando às escondidas as fotos que tinham guardadas nos cadernos.

No entanto, eu nunca me recusaria a fazer a saudação romana. Não era por fé, respeito ou admiração, e sim por simples costume, convenção, como dizer "bom-dia" ou "boa-noite". Você tinha que fazer e ponto final.

Maddalena, porém, ficou rígida, encarando a professora.

Eu soube pela minha mãe, que tinha falado com a modista para a qual Luigia trabalhava, que as cartas que elas recebiam de Ernesto eram cada vez mais censuradas. Em algumas, a única coisa que dava para ler era: "Te amo. Tenha fé."

Além disso, poucos dias antes, cinco policiais chegaram ao nascer do dia na casa de Matteo Fossati e, entre as lágrimas e os gritos da irmã e da mãe, pegaram o pai para mandá-lo ao confinamento. Na noite anterior, na taberna, embriagado de vinho barato, ele havia praguejado em favor da Grã-Bretanha ao dizer que ela agira bem ao nos punir.

"Assédio econômico", era como devia ser chamado. Poucas semanas antes, no dia 18 daquele mês, haviam entrado em vigor as sanções econômicas que a Sociedade das Nações impusera à Itália após o início da guerra na África.

E, enquanto as pessoas cantavam "Faccetta Nera" ou "Ti Saluto (Vado in Abissinia)" e falavam com impaciência da prosperidade que a conquista da Etiópia nos proporcionaria, entravam em vigor as sanções que proibiam a exportação de produtos italianos e a importação de material bélico, o que de fato empobreceu o país inteiro. Por toda parte, nas ruas, viam-se cartazes que exortavam "Compre produtos italianos" e escritas nos muros "Abaixo as sanções", "França e Grã-Bretanha aproveitam dos seus impérios, por que a Itália não?" e "Viva Mussolini". Carla voltava do mercado com cartõezinhos enfiados na bolsa de compras em que se lia: "Prometo, em nome da minha dignidade de fascista e de italiana, não comprar, nem hoje nem nunca mais, para mim ou para a minha família, produtos estrangeiros."

O sr. Fossati, pai de Matteo, ao contrário, repetia:

— Esta guerra só serve para que bons rapazes morram enquanto tentam conquistar um pouco de areia. Os abissínios têm razão. Somos nós que queremos entrar na casa dos outros. Porque é isso que fazem os fascistas. Pegam as coisas dos outros e as põem no bolso para si mesmos e os amigos. Foi o que fizeram com meu açougue e vão fazer o mesmo com os pertences de vocês. E para nós, os pobres coitados, sobram só as cusparadas ou os grãos daquela maldita areia da Etiópia!

Alguém na taberna deve tê-lo denunciado, e nem bem passara uma hora após ele ter voltado para casa, os policiais o arrancaram da cama como estava e o levaram embora.

Maddalena ficou sentada, orgulhosa: naquela postura, eu via arder o instinto de rebelião que a definia e nunca adormecera, o qual se cansara de ficar escondido.

Uma centelha de decepção atravessou-lhe o rosto quando a professora se limitou a dizer:

— Como quiser. Vamos ver o que o sr. Ferrari vai dizer da sua insubordinação.

Como se o diretor pudesse amedrontar Maddalena.

Voltamos a nos sentar e a aula recomeçou. Precisei fechar os olhos e respirar fundo antes de aproximar minha cabeça e sussurrar:

— Como você está?

Maddalena teve uma espécie de sobressalto:

— Estou ótima.

Depois surgiu a expressão de quando ela observava os galhos dos carvalhos que, pouco tempo antes, escalávamos juntas, ela querendo subir mais alto, ou das vezes que descíamos a ladeira do parque correndo e ela incitava: "Mais depressa!"

— Peguem o livro de gramática e abram na página 42.

Iríamos revisar o predicado nominal e o verbal, que, depois, treinaríamos em latim.

— Strada — chamou a professora —, levante-se e leia para a turma os exemplos.

— O Duce é trabalhador — li com voz firme, clara. — Predicado nominal. O Duce guia a Itália: predicado verbal.

— Muito bem — disse a professora, e bateu com a régua na beirada da cátedra. — Quem quer tentar traduzir para o latim?

Perguntou brincando, pois sabia que ainda não éramos capazes de traduzir sem dicionário frases a partir do italiano.

A carteira arranhou o chão com um ruído incômodo. Maddalena havia se levantado. Pigarreou antes de começar a traduzir:

— *Dux ducit Italiam in Erebo* — disse. E completou: — *Dux est scortum.*

A professora empalideceu. Era como se todo o sangue do corpo dela tivesse ido parar na ponta dos pés.

— F-fora — gaguejou.

Maddalena estava parada e não dizia nada.

Eu e as demais meninas estávamos imóveis e mudas.

— Fora! — gritou a professora. — Vá embora daqui e não volte.

Maddalena fez uma breve mesura e disse:

— Sim, senhora.

As meninas começaram a cochichar. Ela se dirigia à porta, os passos comedidos como os da heroína de um livro pronta para ser coroada.

Eu também me levantei, com tanta pressa que minha pasta caiu com um baque surdo. Todas se viraram: as colegas, a professora e até Maddalena, que já estava com a mão na maçaneta. Ela me olhou. Fazia tanto tempo que eu sentia falta do olhar dela dirigido a mim, que me pareceu estar com o rosto em frente ao fogo.

O silêncio era tal que eu poderia tê-lo tocado.

Respirar havia se tornado difícil.

— Peço ao Senhor pelo Duce, pelos soberanos e pela nossa pátria — recitei como fazíamos todas as manhãs no momento da saudação. Depois acrescentei: — Espero que mande todos para o inferno.

* * *

A Maldita me esperou e saímos juntas. A professora já tinha perdido a voz de tanto gritar que iria nos escorraçar a pauladas e que, se ainda fosse o tempo do óleo de rícino e das incursões noturnas, veríamos como é feio rir sem dentes.

Maddalena fechou a porta da sala e os gritos foram interrompidos.

Ela se aproximou da janela que dava para o pátio, sentou-se no parapeito e sorriu para mim.

O vazio que me preenchia se encheu de ondas de calor cada vez mais fortes, que me deram vontade de chorar.

Meu Deus, como eu tinha sentido falta dessa garota!

— Você não devia ter feito aquilo — disse ela. — Sabe o que vai acontecer agora?

— Não. E não estou nem aí.

— Não está nem aí?

— Não — falei.

— Eu não aguentava mais. Não aguentava mais fingir. Tudo está tão errado! Você não percebe?

— O quê?

— A guerra, e levantar o braço, e dizer o que eles querem, e pensar o que eles querem. E seguir as regras e bancar as boas moças. — Ela tomou ar. — Eu me cansei de repetir só as palavras que me mandam. Ernesto sempre diz: "As palavras são importantes, Maddalena. Não podemos dizê-las sem pensar, senão se tornam perigosas." E ele tem razão. Mas também são poderosas. Você não acha?

Engoli o medo e perguntei:

— O que você disse lá na sala? Você falou em latim, e acho que não entendi bem.

Ela riu, a cabeça jogada para trás.

— Eu disse que o Duce é uma puta.

Parte três

A prova de coragem

16.

— Ninguém pode saber.

Foi a primeira coisa que mamãe disse depois de sair da sala do diretor. Estava muito maquiada e usava o chapéu turquesa com véu e um vestido de baile, totalmente inadequado, que ela alisava com os dedos enquanto anuía como uma estudante sensata, pelo menos ela, durante todo o tempo em que a professora falou da minha "desajuizada manifestação de anti-italianidade".

Eu fiquei em pé, as costas apoiadas na parede e as mãos entrelaçadas. Não tinha permissão para dar um pio. Minha mãe falou por mim:

— O nosso nome é respeitável. Não temos nada a ver com essa história.

Em seguida, a porta da sala do diretor se fechou atrás de nós e ficamos sozinhas. Mamãe me arrastou até o retrato da família real e ficou me olhando como se quisesse me esmagar, repetindo que eu não devia dizer a ninguém uma palavra sobre o que havia acontecido.

— Me deixa explicar.

— Calada! — gritou. — Você deve ficar calada. Como é que não entende? — Balançou a cabeça e os brincos de ouro bateram nas bochechas dela. — Sabe o que acontece com uma garota com a reputação arruinada? É melhor que se afogue no rio.

— Eu só queria...

— O quê? O que você queria?

— Que me escutassem.

— Desgraçada. — Esticou a mão para me esbofetear e me sobressaltei. Então ela agarrou meu queixo: — Seu dever é ficar calada. E esperar. É isso que faz uma boa moça.

— Esperar o quê?

Ela levantou os ombros com uma careta cruel que não consegui entender.

— Quando você crescer, vai entender. — A mão dela demorou-se no meu rosto, quase como se quisesse me acariciar, mas tivesse esquecido como se faz. — E se também desta vez seu pai preferir fazer de conta que nada aconteceu, eu é que vou dar um jeito de abafar essa história escabrosa. Para todos nós.

Em casa, papai não disse uma palavra sequer, me encarava em silêncio, severo, para em seguida desviar o olhar. No jantar, os gestos foram curtos e bruscos, e levantou-se para ir dormir sem ao menos terminar a sopa. No dia seguinte, quando ele estava prestes a sair, minha mãe se postou diante da porta com os braços cruzados.

— Agora chega. Você precisa dizer algo à *sua filha*.

Ele me fitou demoradamente, o olhar igual ao da noite anterior. Não era do feitio dele, não era uma atitude do meu pai.

— Então? — insistiu ela.

— Sua mãe quer que eu lhe dê uma bronca, mas não estou com vontade.

Mamãe curvou-se e gritou para Carla preparar o tônico porque estava com a cabeça estourando. Depois correu para a cozinha ainda aos berros:

— É uma casa de loucos!

— Só vou dizer uma coisa — continuou meu pai. — Ao crescer, temos que aprender o seguinte: às vezes, é melhor não dizer o que realmente pensamos.

— E como se faz isso?

— Você guarda sua opinião para si, a protege, a lapida. Ali ela pode ficar segura.
— E para de queimar?
Ele abriu um sorriso cansado.
— Nunca. Isso nunca.

No fim, pude voltar a frequentar as aulas. Minha mãe circulava pela casa com a cabeça erguida e dizia:
— Da próxima vez, lembre-se: seu pai não se importa com a reputação da *própria filha*.
Foi graças a ela que tive a possibilidade de voltar para a escola. Ela disse apenas que tinha pedido um favor a um amigo do papai, muito influente, e tudo se resolveu. Nenhum dos professores tocou mais no assunto, como se nunca tivesse acontecido. As colegas começaram a me isolar, a atirar pedras em mim no pátio e a me chamar de "subversiva".
Maddalena, por sua vez, havia sido expulsa na surdina, sem muito alarde. Do tipo de desobediência que ela cometera, era melhor não falar. Eu deveria ter ficado grata à minha mãe, pois foi por causa da intervenção dela que não perdi o ano. A verdade, porém, é que o único lugar onde eu queria estar era entre os Malditos. Quando disse isso a Maddalena, ela me perguntou:
— Você tem certeza de que tem coragem?
Ela queria ver se eu ainda merecia estar entre eles.
Matteo e Filippo haviam sugerido que ela me cuspisse como um veneno. "Tome muito cuidado com quem já passou você para trás uma vez", defendia Matteo em dialeto, pois, desde que o pai fora para longe, havia começado a usar cada vez mais o dialeto e as expressões dele.
Maddalena tinha respondido que sabia se proteger sozinha e não se deixava enganar. A melhor maneira para me perdoar era me testar.

* * *

Fazia frio na noite da prova de coragem, aquele frio que dilacera o rosto e transforma a respiração em névoa. Na rua, as luzes se acendiam e as senhoras com estolas de raposa voltavam para casa após as últimas compras. A Maldita me disse baixinho:

— Mantenha a cabeça baixa.

Arrastávamos os cotovelos e os joelhos no chão de mármore do quitandeiro, logo após a hora do fechamento. A luz amarela da iluminação da rua entrava pelas vitrines, os cristais de geada se aninhavam nos cantos da madeira lascada e ressaltavam a marca do nariz das crianças que haviam se encostado ali para espiar os cestinhos de tâmaras e de gengibre cristalizado. Sentia-se o cheiro pastoso dos feijões e pungente dos cítricos. O sr. Tresoldi cantava nos fundos da loja enquanto fazia as contas, a voz sufocada pelo vidro opaco da porta fechada:

— *Parlami d'amore, Mariù, tutta la mia vita sei tu.*

Do pátio, vinha o latido do cão acorrentado.

Da Maldita, que avançava à minha frente, eu via a saia rasgada, a bainha do velho sobretudo masculino e as solas gastas dos sapatos. Pelas mangas do meu suéter penetrava o gelo áspero do mármore e na boca eu sentia o sabor ácido do medo.

Respirei fundo e senti ecoar na mente as palavras de Maddalena: "Eu não tenho medo de nada."

Para entrar sem alarde, aproveitamos a sineta que havia tocado quando da saída de Maria, a empregadinha da família Colombo, que carregava nos braços de camponesa as bolsas de compras. Depois nos escondemos atrás dos caixotes vazios, empilhados no canto, e dali podíamos ver sem sermos vistas. O sr. Tresoldi tinha ido para os fundos fazer as contas do dia e a loja estava silenciosa como uma árvore oca, no cartaz pendurado na porta com o aviso de FECHADO. Maddalena me fitou com olhos seguros e sussurrou:

— Está pronta?

Tínhamos saído do nosso esconderijo e começado a engatinhar no chão gelado.

Pensei no rosto do sr. Tresoldi, nas mãos largas com as palmas arranhadas pelos espinhos das alcachofras e as unhas sujas de terra. E o pavor voltou à minha garganta.

Ele era gentil quando eu ia à loja com mamãe e ela encomendava pêssegos de casca lanosa, batatas, couves-flores e nozes, e, no inverno, até morangos. Mostrava-se interessado nas coisas que minha mãe dizia, mesmo que fossem as mesmas da semana anterior. Depois ria e me perguntava se eu gostava da escola ou se eu queria uma bala de menta, e ia pegá-la nos fundos sem esperar que eu respondesse. Eu, para não o ofender, como mamãe havia me ensinado, sempre dizia "Obrigada", enfiava a bala na boca e comentava: "Gostosa." Assim que saíamos da loja, eu a cuspia.

O sr. Tresoldi anuía com satisfação e com ar bonachão toda vez que mamãe pegava a carteira e pagava adiantado. Contudo, quando se irritava, especialmente com Noè, que tropeçava carregando o caixote de tomates ou errava nas contas, eu o ouvia gritar do outro lado da rua e me assustava. Palavrões, barulho de coisas quebradas e o estalo dos tapas.

Agora o quitandeiro estava cantando no outro cômodo, logo depois de a porta ter sido fechada. A luz da luminária era filtrada pelo vidro opaco, e Maddalena fez um sinal com o queixo.

O caixote de tangerinas estava no fundo da loja, perto da caixa registradora. Era uma fruta cobiçada e preciosa que Maddalena e os Malditos só ganhavam no Natal, uma para cada um, de presente, uns por verdadeira pobreza, outros para aprender a disciplina e a renúncia. Já na minha casa, não eram tão raras assim, mamãe comprava um saquinho assim que começava a estação do frio, embora fossem caras e papai dissesse que eram um supérfluo e supérfluos são coisas que mostram nossa fraqueza. Acontece que eu nunca admitiria isso na frente dos Malditos porque eles diriam que eu era uma *vessìga*, uma chata, como se diz das moscas que zumbem alto à nossa volta.

Rastejamos até o caixote que continha nosso butim, ela na frente e eu atrás. Maddalena se levantou devagar, tal como um caracol que estica as antenas e sai da casca assim que sente as primeiras gotas de chuva.

— Estamos quase lá — disse e levantou com uma das mãos a bainha da saia e com a outra pegou as frutas cítricas que jogava na concha formada pelo tecido. Quanto mais tangerinas se acumulavam, mais ela apertava as bordas da saia e as pressionava contra o busto para que não escorregassem pelos lados, o que deixava à mostra as coxas fortes e brancas.

O quitandeiro cantava:

— *Meglio nel gorgo profondo, ma sempre con te. Sì, con te.*

Então me levantei e também enchi os bolsos. Depois enfiei outras duas na calcinha.

A Maldita estava prestes a cair na risada, mas conteve-se e emitiu apenas um ruído sufocado vindo da garganta.

Foi então que ouvimos atrás de nós a sineta que anunciava a abertura da porta. Tudo em mim enrijeceu: a luz amarela do poste do outro lado da rua delineava a sombra de Noè Tresoldi, que voltava das entregas com os caixotes vazios.

Soltei um grito, e Maddalena esticou a mão para tapar minha boca, mas soltou a barra da saia e as tangerinas rolaram no chão, um barulho estrondoso como o das pedras à beira do Lambro que derrubávamos na água quando brincávamos de correr uns atrás dos outros.

— Quem é? — disse o quitandeiro.

Maddalena me deu um safanão. Eu estava paralisada. Noè se curvou para recolher uma tangerina que tinha rolado para perto do sapato dele. Maddalena levou um dedo à boca e fez:
— *Shhh*.
Depois me empurrou para trás dos caixotes de frutas que estavam na entrada, encostados no expositor das abobrinhas.
— Quem está fazendo essa bagunça?! — gritou mais uma vez o quitandeiro, saindo dos fundos da loja.
Maddalena apertou o rosto entre as frestas dos caixotes de frutas. Meu coração pulsava forte nas têmporas.
— O que você fez? — berrou o sr. Tresoldi. — Seu desengonçado maldito! — continuou em dialeto. — Veja só o que aprontou!
Também olhei pelas frestas dos caixotes.
O quitandeiro havia tirado o avental manchado de terra e de um suco escuro. Curvou-se e pegou uma tangerina. Não era mais uma esfera perfeita com a casca brilhosa: tinha amassado, como acontece quando afundamos o polegar na cabeça de uma boneca de celuloide e se abre um buraco grande como a ponta de um dedo.
— Marginal! — gritou o quitandeiro, atirando-a em Noè. Andou na direção dele arrastando o pé doente e batendo o outro com tanta força a ponto de fazer o chão estremecer. Segurou-o pelo braço e deu-lhe um bofetão que estalou como um pilão de ferro contra a carne crua nas tábuas de corte.
Noè caiu, os cotovelos e o queixo bateram com força no mármore, as tangerinas sob a barriga do rapaz. O sr. Tresoldi continuava a chamá-lo de desengonçado em dialeto e lhe dava chutes na lateral do corpo, amparado na parede para se manter equilibrado sobre a perna bamba.
Noè tentou se levantar, enquanto o nariz sangrava.
Os olhos dele encontraram os nossos, recortados pelas frestas dos caixotes de frutas vazios.

Apertei a mão de Maddalena. Tinha chegado a nossa vez. Noè daria com a língua nos dentes e o sr. Tresoldi nos encheria de tapas, quebraria nossas costelas de tanto chutá-las.

No entanto, nada aconteceu. Noè pressionou a cabeça contra o chão.

O sr. Tresoldi ordenou:

— Agora limpe tudo.

Em seguida ele desapareceu atrás da porta de vidro opaco chutando para longe as tangerinas como se a raiva que o tomava tivesse deslizado para a ponta dos sapatos, para o pé cujos dedos haviam sido amputados.

Noè passou o indicador embaixo do nariz, e com isso deixou um rastro vermelho no rosto.

A mão de Maddalena estava fria e seca contra a minha. Ela deu um salto, arrastando-me atrás dela para fora do nosso esconderijo. Noè nos olhava.

— Espera — sussurrei, mas ela recolheu uma tangerina e me empurrou para fora da loja.

Do outro lado da porta, o frio cheirava a neve iminente.

17.

No dia seguinte, Maddalena tomou duas decisões importantes.

A primeira: eu havia passado no teste, podíamos voltar a ser amigas. A segunda: ela tinha uma dívida a ser paga a qualquer custo.

Quando foi me buscar em casa naquela tarde, disse que tinha roubado o dinheiro que a mãe guardava em um lugar secreto, naquela que havia sido a marmita do marido, e me mostrou uma nota de cinquenta liras toda amassada.

— O que quer fazer com isso?
— Quero dar ao Noè.
— E se sua mãe descobrir?
— Não me importa.
— Mas e se ela descobrir que você roubou do lugar secreto?
— Já disse que não me importa.

Ficamos esperando em pé na calçada do outro lado da rua, na frente da tabacaria em cuja porta fechada havia inscrições de VIVA O DUCE, VIVA A ITÁLIA, ABAIXO AS SANÇÕES. Eu soprava nas mãos para resistir ao frio.

— Quanto tempo ainda vamos ter que esperar?
— Quanto for necessário.

Assim que Noè saiu da loja e começou a amarrar os caixotes de frutas no porta-bagagem da bicicleta, Maddalena disse:

— Vamos. — E atravessou a rua correndo, até parar na frente dele.

Juntei-me a ela, sem fôlego e com a boca seca.

Noè nos olhou por um instante e logo voltou a se concentrar no trabalho. Ele tinha mãos grandes, de homem-feito, calos nos dedos, unhas redondas e bonitas.

— Isto é para você — disse Maddalena, entregando-lhe a nota.

— O que é?

— Dinheiro. Pelas tangerinas — respondeu — e também pelo nariz e pelo rosto.

— Onde você arrumou?

— Não é da sua conta.

Ele amarrou a corda em volta do caixote de frutas e prendeu o gancho no porta-bagagem da bicicleta. Um lado do rosto estava todo inchado e abaixo do olho direito havia um hematoma da cor de ameixas maduras.

Maddalena continuava com o braço estendido.

— Não quero.

— Você não sabe quem eu sou? Não sabe o que posso fazer com você? Já disse para pegar.

— Você é a filha da sra. Merlini — respondeu Noè.

Ela se limitou a anuir.

— Guarda isso.

— Por que não quer?

— Põe de volta no lugar, Maddalena — insistiu ele, dando um puxão no caixote para se certificar de que estava bem firme. — Antes que sua mãe perceba e antes que meu pai volte. Ele não esquece vocês por causa daquelas cerejas.

— Não tenho medo do seu pai. Não tenho medo de nada.

Noè agarrou o guidom e com o pé empurrou o pedal para baixo. Olhou para mim, e tive que me esforçar para não olhar para baixo.

— Podemos fazer uma promissória.

— O que é isso? — perguntou Maddalena.

— É o que os adultos usam quando devem pagar alguma coisa e não têm dinheiro. Então eles escrevem "A pagar".
— Mas eu tenho dinheiro.
— E eu não quero seu dinheiro.
— Se não quer dinheiro, o que quer então?
— Não sei — respondeu ele —, ainda não decidi.

Pulou para cima do selim e começou a pedalar. Desapareceu no fim da via Vittorio Emanuele, depois da ponte dos Leões, o caixote de frutas balançando.

Só depois que Noè tinha desaparecido no meio da multidão que seguia rumo à praça da catedral, Maddalena guardou a nota de cinquenta liras.

— Você ouviu o que ele disse?
— Que não quer dinheiro.
— Isso, não. A outra coisa.
— O que ele disse?
— Meu nome.

18.

Estávamos em cima do parapeito da ponte dos Leões e olhávamos a cheia do Lambro, que tinha atingido o ponto mais alto. Maddalena comentou:
— Eu realmente faço coisas ruins acontecerem com as pessoas.
— Você não precisa mais me testar — repliquei de um só fôlego.
— Não. — Fez sinal para que eu me calasse. — Estou falando sério. As coisas que Giulia Brambilla disse a você no pátio, sobre meu irmão e meu pai, e também sobre Anna Tagliaferri, são todas verdadeiras.
Contou-me que a primeira vez que notou que tinha o que chamava de "poder da voz" foi aos 7 anos, quando estava brincando com Dario na cozinha. O irmão só tinha 4 anos e acreditava que Maddalena fosse uma rainha. Tudo que ela fazia, ele também queria fazer. Naquele dia, fingiam ser andorinhas: em pé nas cadeiras, pulavam para o chão como filhotes que ainda deviam aprender a voar. Em seguida, Maddalena disse a Dario: "Agora você realmente é capaz. Se quiser, pode voar até o céu."
Então ele escalou a mesa, se debruçou no peitoril e se atirou. Não caiu simplesmente. Abriu os braços, se virou e disse: "Olhe para mim." A Maldita ficou em silêncio, olhando para os pés. Eu a imaginei pequena, tão pequena que cabia em uma só mão, sozinha na cozinha silenciosa, prendendo a respiração até ouvir o baque surdo do impacto.
— É por isso que você tem medo?

— Eu não tenho medo.

— Você tem medo de brincar de faz de conta, é o que eu quis dizer. De contar histórias.

— Quando conto coisas que não existem, elas acabam acontecendo — hesitou —, ou então são as pessoas que sentem que elas estão prestes a acontecer e fazem coisas erradas. Como o Dario, que se jogou da janela porque acreditava que podia voar. Acreditava porque eu disse.

— A culpa não é sua.

— De quem é, então?

— Não sei — respondi, dando de ombros. — Talvez tenha acontecido e ponto final. Coisas ruins acontecem e pronto.

Pensei no meu irmão que tinha morrido quando ainda era uma coisinha pequena e delicada, na minha mãe, que passou a noite pedindo ao Senhor que não o levasse embora, e falei:

— As pessoas morrem todos os dias por nada. Mesmo que você reze e peça que aconteça o contrário. E não é culpa de ninguém.

— Isso não vale para mim — interveio ela.

E me contou da vez que, aos 10 anos, brigou com o pai por uma coisa sem importância, o cadarço de um sapato usado para brincar com um pião e que acabou se rompendo. Ele ficou irritado e a puniu porque faria um papelão no trabalho com o sapato frouxo. Contou como naquela noite, antes de ser forçada a ir para a cama sem comer, disse a ele: "Seria melhor se você não voltasse amanhã."

E me falou de Anna Tagliaferri, a colega de carteira no último ano da escola primária. De como ela ficou batendo com a cabeça na carteira até o sangue e a tinta derramada se misturarem e ela começar a espumar pela boca. Só porque elas tinham brigado e Maddalena dissera que "não queria mais vê-la".

Era como se, no meio das desgraças e da morte que a circundava, ela encontrasse consolo naquela convicção absurda: a certeza de que ela as havia causado.

— Então, se agora você mandar eu me jogar na água e me afogar, vou fazer isso?

Ela encolheu os ombros.

— Simples assim?

— Às vezes é simples assim — respondeu. — Outras vezes, tenho que explicar mais. Preciso convencer você. Como se fosse uma coisa verdadeira. Um pensamento seu, entende?

— Tenta.

— O quê?

— Vamos, tenta. Agora. Comigo.

— Não. — O rosto dela se contraiu e os olhos se transformaram em buracos de agulha.

— Eu confio — insisti. — De verdade. Só quero entender como...

— Não! — gritou. — Não quero mais fazer isso. Ainda mais com você.

— Você não fez acontecer só coisas ruins — rebati, e ela me olhou sem falar. — Outro dia, na aula — prossegui —, foi só por sua causa que também me levantei. E gostei. Mesmo sentindo medo. Um medo dos infernos. Mas foi bom. Bem, depois, quando cheguei em casa. E não importa o que minha mãe pensa. Eu nem teria me importado se me proibissem de voltar à escola.

— Você não deve dizer isso.

— Eu estava bem. Parecia estar mais leve, como quando você fica tempo demais debaixo d'água e depois resolve subir para respirar. E também da primeira vez que meu sangue desceu, foi você que fez meu medo passar.

— É diferente.

— Achei que não pudesse fazer isso.

— O quê?

— Me rebelar — respondi. — Você me ensinou.

Ela voltou a balançar as pernas virada para o rio.

— Como é que não tem medo?

Hesitei. Nos dias em que Maddalena havia sumido da minha vida, percebi o real valor do que nos unia. E as palavras para dizer aquilo não me vinham.

Os adultos usavam a palavra "amor" de maneira despropositada, ainda mais se falavam de Mussolini na escola. Diziam que o Duce "amava as crianças" e perguntavam se nós também o amávamos. Usavam exatamente esse termo, acompanhado de outros como "arder", "morrer", "sofrer". O amor se tornava o motivo pelo qual as atrizes do cinematógrafo se agarravam às cortinas. Uma coisa encenada. Uma coisa falsa.

Então, eu disse:

— Gosto de você.

E logo em seguida percebi que Maddalena estava chorando.

19.

Dezembro era um mês que eu sempre aguardava com impaciência. A partir do momento em que Carla virava a página do calendário pendurado na cozinha, ao lado da geladeira, eu começava a contar os dias que faltavam para o Natal. Com lápis de cor, marcava com um X os dias, na expectativa de que passassem mais rápido as horas que nos separavam do assado ao mel com castanhas, dos presentes e das competições de trenó na descida do gramado da Villa Reale.

Naquele ano, nem percebi. Dezembro chegou com uma neve suja que era tirada das ruas com pás e que depois era deixada para apodrecer embaixo das calçadas, ao lado dos bueiros.

Nas lojas, nas quais sempre havia anúncios com crianças felizes que devoravam grandes fatias de panetone Motta, agora estavam afixados cartazes com cores apagadas, severas, com apenas uma escrita: O NATAL MOTTA É O NATAL ITALIANO.

Do lado de fora da mercearia e na saída da missa das onze, as velhas falavam baixinho daquela guerra que, diziam, duraria para sempre. Os homens ficavam longe, apartados. Eram velhos encurvados, cuspiam tabaco mastigado na neve. Blasfemavam contra o Senhor e contra aquilo que chamavam de "A grande ignomínia". Por culpa da Grã-Bretanha e da França, que, enquanto isso, aproveitavam seu lugar ao sol e colonizavam todos os países da África a seu bel-prazer, não se encontrava mais chá e minha mãe era obrigada a beber infusão de hibisco.

Na escola, a professora de história havia pendurado um mapa da Etiópia no qual nos fazia espetar uma série de bandeirinhas para marcar os lugares conquistados: o exército avançava e nós devíamos recitar uma ave-maria e um pai--nosso para nossos "corajosos soldados".

A carteira de Maddalena havia ficado vazia. Ela disse que não se importava, mas eu sabia que, nas cartas para Ernesto, continuava a contar de arguições e trabalhos em sala de aula, de lições das quais se inteirava por meu intermédio. Fez com que Donatella e Luigia prometessem que não lhe diriam nada, e elas aceitaram para não dar a ele mais preocupações.

Maddalena dizia que havia começado a se corresponder com Ernesto em código: ele marcava, com uma mancha de tinta, as palavras a serem lidas, porque assim podia dizer a verdade sem se deixar silenciar pela censura: "*Não quero* me queixar. *Combater* se tornou fácil como tomar *o caldo. É inconsistente* a estratégia dos nossos *inimigos. Nunca tive* amigos fiéis como meus camaradas." No fim da carta, com uma letra que lembrava a bonita caligrafia da escola primária, estavam escritas sempre as mesmas frases: "Tente se comportar. Cuide da Donatella e da minha Luigia. Tenha fé."

Em 18 de dezembro, minha mãe me disse:

— Ponha uma roupa bonita e se agasalhe, porque está frio.

— Temos mesmo que ir?

— É uma coisa que temos que fazer.

— Por quê?

— Porque sim e pronto.

Saímos de casa na direção da praça Trento para nos misturar com as pessoas aglomeradas ao pé do monumento aos mortos pela pátria. Lá chegando, comecei a procurar impacientemente Maddalena, mas minha mãe segurava meu pulso e me arrastava.

— Vamos!

A certa altura, parei, finquei os pés e dei um puxão para me soltar da mão de minha mãe.

— Me solta!

Ela me olhou enquanto a multidão à nossa volta nos empurrava. Ficamos nos encarando como duas estranhas. Ela passou dois dedos no nariz congestionado pelo frio e disse apenas:

— O que você falou?

E, em seus olhos, estavam os mil discursos sobre a reputação, o nosso bom nome, as pessoas que nos julgam, as boas moças que nunca desobedecem aos pais. Acontece que eu não era como meu pai, não conseguia mais guardar tudo dentro de mim.

— Me deixa ir, por favor.

E saí correndo sem olhar para trás.

Quando alcancei Maddalena, ela me perguntou:

— O que você tem?

Ainda sem fôlego, respondi:

— Estava com medo de não conseguir achar você.

Observamos juntas as velhas subirem com dificuldade os degraus que levavam à estátua de bronze dos guerreiros em batalha e do arcanjo para doar a aliança de ouro do casamento em nome da pátria e da fé.

Montinhos de neve cinza sujavam a praça, embranqueciam a trombeta do anjo erguida em direção ao céu e os escudos de bronze dos soldados amontoados uns sobre os outros. Os representantes da Associação Nacional dos Combatentes e Veteranos mantinham erguidos os galhardetes da associação e os guardas levantavam o gonfalão da cidade com a Coroa de Ferro estampada. As autoridades, todas bem-vestidas, vigiavam o elmo invertido no qual as mulheres jogariam as próprias alianças, colocado sobre o altar, perto dos nomes dos que haviam morrido naquela guerra que chamavam de "grande", na qual também combatera o irmão de mamãe. Lembrei-me das vezes que papai me fez subir ao ponto mais alto do monumento, embora não fosse permitido, enquanto lia os nomes dos mortos. Eu fingia que eram meus amigos e que só tinham brincado na guerra. Voltariam a se levantar como as crianças que fingem ter sido atingidas por um disparo explosivo saído do indicador dos colegas e, depois, voltam para casa a fim de lanchar. Eu achava estranho que uma pessoa com um nome e sobrenome não existisse mais e fosse apenas uma inscrição que a chuva desbotara. Papai tinha me contado que, sob a base do monumento, abria-se um lugar secreto, protegido por um portão, onde ficavam guardadas duas ampolas que continham a areia e a água do Piave. Um rio sagrado, dizia, ao qual dedicaram até uma canção. Antes de voltar para casa, ele sempre parava na frente da entrada da capela e lia em voz alta para mim a frase gravada: "E as mães aqui virão, mostrando aos filhos os belos rastros do seu sangue." Havia sido escrita por um poeta que amava muito a Itália e significava que aqueles rapazes não haviam morrido em vão, pois os italianos se lembrariam deles. Eu, porém, não tinha certeza se meu pai acreditava de verdade naquilo.

Contei tudo isso a Maddalena, e ela disse:

— Ninguém se importa com o sangue derramado por quem morreu. Todos já se esqueceram da guerra velha, ou só se lembram dela quando convém. Agora falam da nova, não está vendo?

As mulheres usavam a roupa de domingo e escondiam o cabelo com o véu. Subiam as escadas e deixavam cair no elmo a aliança de casamento. Em troca, recebiam um anel de ferro onde estava gravado OURO PARA A PÁTRIA e um diploma com o feixe lictório.

A multidão fazia a saudação, talvez para ter uma desculpa e poder se mexer e afastar o frio. Maddalena continuava a passar a língua sobre os lábios rachados. Dizia:

— Isso aí não significa ter fé.

Minha mãe havia colocado o chapéu com a fita dourada, as luvas brancas. Apontei-a de longe para Maddalena e comentei:

— Olha como anda toda orgulhosa.

Caminhava empertigada em seu capote com gola de pele enquanto subia em direção ao elmo das oferendas. Eu sabia, porém, que sacrificaria um anel falso, só folheado a ouro, que havia encomendado especialmente ao joalheiro Viganoni.

A mãe de Maddalena usava um lenço que lhe batia no rosto a cada sopro do vento.

— Não quero que me tirem isto também — dizia acariciando a pequena aliança de ouro opaco marcada pelos anos. Daquela vez, não podia acrescentar "Se o Duce soubesse disso", porque havia sido ele mesmo a pedir que ela e todas as mulheres italianas fizessem aquele sacrifício. — Não existe mais respeito — continuava a repetir —, nenhum mesmo.

— Ela não precisava fazer nada disso — sussurrou Maddalena no meu ouvido. — Ninguém a obriga.

No entanto, eu sabia que não era fácil. Meu pai havia me explicado naquela manhã, enquanto mamãe gastava a superfície do anel chapeado e novo com uma lixa de unha para que parecesse usado. O que as pessoas tinham ido fazer naquele dia não era uma resposta a uma ordem de verdade, daquelas que, se você não obedece, acaba sendo fuzilado pelas costas e tem o nome apagado da lista de quem "merece honra". Era definido como "uma doação espontânea". Caso a pessoa se recuse, talvez não leve um tiro nas costas, mas vai se preocupar para sempre com a possibilidade de vir a sofrer algo ruim.

Até a rainha havia doado a aliança de casamento. E Rachele Mussolini também. Pirandello deu a medalha do Nobel e D'Annunzio, uma caixa de ouro. Se você era um bom italiano, também doava.

Maddalena esfregava as mãos enregeladas. Tirei as luvas, friccionei as mãos dela entre as minhas e disse:

— Enfia nos meus bolsos, assim esquentam.

Ela me abraçou e o frio pareceu desaparecer quando lhe senti a respiração.

A mãe dela subiu com dificuldade a escada do monumento, de xale e vestido preto, como uma andorinha enrijecida. Ficou em pé por muito tempo perto do altar, tentando tirar o anel do dedo. Um garoto se curvou para pegar um pouco de neve a fim de lhe umedecer os dedos. Depois pegou a mão dela e esfregou-a até que a aliança deslizou e caiu na palma da mão dele. Contudo, não foi ele quem a jogou no elmo. Ele a devolveu e recuou, tocando a aba do chapéu com uma reverência respeitosa. A mãe de Maddalena o fitou perplexa, depois beijou a aliança e a deixou cair no elmo, em meio às outras.

Foi então que Donatella nos reconheceu de longe e abriu caminho por entre a multidão, o rosto queimado de frio, o cabelo penteado com esmero e de braços dados com Tiziano.

— Vim doar o cordão da crisma.

— Bom dia, senhoritas — cumprimentou Tiziano com aquele sorriso de estátua grega.

— E vocês? Não trouxeram nada? — perguntou Donatella, arrumando o penteado. Depois, dirigindo-se apenas à irmã: — Você tem o cordão da comunhão. Podia ter trazido.

Maddalena se limitou a dar de ombros, eu fiz a mesma coisa.

— Não passam de garotinhas — disse Tiziano —, que diferença você quer que façam? Vamos embora.

Apertou contra si a namorada e, enquanto se afastavam, tentava fazer passar os dedos entre os botões do capote. Donatella riu.

— Estão nos olhando.

Antes de serem engolidos pela multidão, ouvi Tiziano dizer:

— Prometi me casar com você.

Então ela permitiu que ele a beijasse no cabelo, no rosto, no pescoço.

20.

Faltavam dois dias para o Natal e a neve havia começado a cair densa, pousando sobre as coisas como se quisesse fazê-las desaparecer, e os parques perto da parada do bonde eram só nossos. Havia um silêncio estranho ao redor, os cheiros intensos: o das luvas de lã, úmidas por causa da quantidade de bolas de neve que atirávamos, o suor que filtrava pelos capotes pesados e a resina grudenta dos abetos. A Maldita oscilava no balanço, dando chutes nos montes de neve; Filippo e Matteo, apoiados na estrutura de madeira, falavam de presentes e de guerra.

— Quando eu crescer, quero ir — disse Filippo —, assim aprendo a atirar com o mosquete e pego também as mulheres dos inimigos.

Esperava que, naquele ano, o pai lhe desse de presente um trenzinho de lata e uma espingarda de verdade, com balas: nas reuniões de sábado, mostraria que sabia atirar como um homem. Matteo, por sua vez, só queria poder rever o pai, que, confinado, não escrevia à família porque nem sequer aprendera a ler. Os dois garotos brigavam com frequência desde que o pai de Matteo fora levado de casa. Para iniciar as brigas, bastavam motivos tolos como de quem era a vez de empurrar Maddalena no balanço ou quem merecia comer o único biscoito inteiro entre os esmigalhados que Filippo havia surrupiado na cozinha e embrulhado em um lenço com as iniciais bordadas. Insultavam-se, usavam apelidos maldosos. Matteo dizia que, quando fosse grande, Filippo se tornaria como os policiais que lhe haviam prendido o pai:

um vendido e um covarde. Já Filippo dizia que Matteo era um ignorante e nunca seria nada, tal como o pai. Lutavam rolando na neve, trocavam chutes. Maddalena intervinha para separá-los aos gritos de "Parem com isso!". Dava um cascudo forte em cada um deles: "Vocês só sabem repetir o que os outros dizem." Como era ela quem pedia, no final, a contragosto, faziam as pazes. Havia só um princípio sobre o qual Matteo e Filippo nunca brigavam: você só se torna um homem-feito na guerra, pois só no dia em que vê sangue é que pode dizer que cresceu.

Maddalena usava um velho capote masculino abotoado até o pescoço. Desenhou um círculo na neve com a ponta do pé e disse:

— Para ser homem, não serve de nada ir para a guerra.

— E a honra, onde é que fica? — perguntou Filippo.

— A honra pode existir mesmo sem guerra. E sem o Duce — rebateu ela.

Matteo enfiou as mãos debaixo das axilas para aquecê-las e fungou:

— Dane-se o Duce. Para se definir como homem, você precisa ser capaz de matar. Com ou sem guerra.

— São coisas de homem — acrescentou Filippo. — Como é que você quer entender?

De repente, fez-se silêncio. Um monte de neve deslizou de um dos galhos mais altos e caiu no chão com um som abafado.

Desde aquela vez do sangue lá no Lambro, Matteo e Filippo começaram a nos olhar de maneira diferente, procurando as diferenças que os distinguiam de nós. E desde que Maddalena havia decidido me readmitir no grupo, apesar de eles não estarem de acordo, tinham começado a falar sem parar, calando-se assim que nos aproximávamos com a desculpa de que eram "coisas de homem".

Tinham certeza de que eu e Maddalena estávamos escondendo um segredo. Por isso, decidiram inventar um também, a fim de não ficarem em desvantagem.

Maddalena riu.

— Por quê? Por acaso vocês sabem matar alguém?

— Está duvidando?

— O que é que ela sabe? — Filippo explodiu em uma risada malvada. — Ela só diz isso porque não vai poder ir para a guerra nem quando for grande e vai ter que ficar aqui procurando marido e tendo filhos que depois vão se tornar soldados. Meu irmão disse que a única coisa que as mulheres precisam aprender a fazer é se entregar sem reclamar, exatamente como as mulheres do Duce. Porque, se você for homem, é só pegar o que quer e pronto. É o que papai sempre nos diz.

Maddalena pulou de repente do balanço e foi na direção dele.

Filippo recuou com tanta rapidez que tropeçou em uma estaca de madeira e caiu no chão, as costas afundadas na neve.

— Agora você está com medo, né? — A Maldita estava calma.

Filippo arquejava, os braços abertos, soltando vapor pela boca escancarada.

— Vem me bater, então.

— Não preciso — disse ela. — Você já sabe que eu vou vencer.

— Você mudou por causa daquela ali — rebateu ele. Levantou-se sacudindo a neve do corpo e, por um instante, vi novamente nos olhos claros dele os do pai, a maneira de olhar as coisas como se pertencessem a ele. — Vocês são só mulheres. Não sabem o que quer dizer matar — sibilou.

Era a primeira vez que um deles usava aquela palavra para se referir a Maddalena: *mulher*. Ela nunca havia sido, não para eles.

— As mulheres são vocês, que não entendem nada — cuspiu Maddalena. Pegou minha mão. — Vamos embora.

Corri com ela rumo à saída do parque, a neve estalando sob os sapatos.

— O cão forasteiro escorraça o cão de casa — gritou Matteo em dialeto atrás de nós, como se a Maldita pertencesse a eles e eu fosse um inimigo que veio, sabe-se lá de onde, para expulsá-los e ficar com ela toda para mim.

Maddalena e eu ficamos de mãos dadas durante todo o tempo em que caminhamos rumo à ponte. Nas esquinas das calçadas, os vendedores de castanhas assadas e bolo faziam subir ao céu a fumaça densa dos fogareiros, as vitrines das lojas estavam embaçadas por causa da respiração das mulheres envolvidas com as compras de última hora, e, quando as portas se abriam, dava para ouvir na rua as canções de guerra transmitidas pela rádio, a água nas fontes estava gelada e a do Lambro, cinzenta como o céu.

Foi na altura da ponte dos Leões que Maddalena parou. Estava sem fôlego e com o rosto ruborizado por causa da corrida. Falou:

— Depois da missa de Natal, nós comemos panetone com creme. Eu disse a Donatella para guardar uma fatia para você também. Se quiser, nós vamos a San Gerardino, à missa da meia-noite.

A missa da meia-noite era uma coisa de adultos que sempre me fora proibida.

Não ficava bem uma menina acordada até aquela hora, dizia minha mãe, mas era porque ela queria se exibir sem precisar se preocupar em tomar conta de mim.

A missa de Natal era um modo de se mostrar para a cidade. Todos compareciam para ver e ser vistos e para falar mal de quem não estava presente. Na catedral, os lugares eram reservados: na frente, ficava o secretário regional do Partido Fascista com toda a família, fardado, o prefeito e as demais autoridades da cidade com os policiais. No Natal, os bancos das três primeiras fileiras ficavam inteiramente negros.

Na véspera de Natal, minha mãe foi até meu quarto e me encontrou já na cama, com as cobertas puxadas até o queixo e a luz apagada.

— Levante-se. Você já está grande. Este ano, também vai à igreja. E trate de não adormecer porque não fica bem.

Fiquei desnorteada e disse apenas:

— Preciso me vestir.

A verdade é que já estava pronta. Enfiei-me embaixo das cobertas de meia, saia e blusa para poder sair escondida e me encontrar com Maddalena.

No entanto, precisei me levantar e ir com eles. O céu lá fora estava um breu e o ar, gélido, suspenso. As ruas estavam congeladas e silenciosas, banhadas pelas luzes dos postes.

Quando chegamos à praça da catedral, minha mãe disse:

— Comporte-se.

Nos intervalos de silêncio, entre o repicar dos sinos, os saltos das senhoras ressoavam no calçamento. Fora da igreja, os senhores estavam aglomerados fumando charutos e falando de dinheiro, de guerra, de mulheres.

Dentro dela, o cheiro do incenso estava tão forte que dava náusea, o som soturno do órgão abafava os xingamentos de quem se via privado de um lugar considerado de prestígio.

Nós nos sentamos no banco da quarta fileira, atrás dos Colombo.

Toda a família estava presente: Filippo, Tiziano e os pais. Tiziano se virou e sorriu para mim antes de voltar a cantar em latim virado para o altar. Tinha uma linda voz, e por um instante pensei que assim deviam ser os anjos que ficavam ao lado do Senhor no paraíso.

O padre usava paramentos de ouro, falava de Deus, pátria e família. Tudo me parecia falso, inventado: uma representação para crianças.

Fiquei em pé após o canto do "Glória", e meu pai me olhou sem dizer uma palavra.

— Sente-se — sibilou minha mãe. — Sente-se agora.

Eu era a única ainda em pé e todos estavam calados. Ouviam-se apenas as palavras do padre e a reverberação das últimas notas do órgão. Se eu fosse embora, toda a cidade me veria.

— Desculpa — pedi a meu pai. — Preciso ir embora.

Esgueirei-me para fora do banco e comecei a correr. Atravessei a nave central pisando inclusive no mármore preto que nos mandava para o inferno.

Saí com o vento cortando a pele desprotegida do meu rosto. A praça da catedral estava silenciosa e escura, enregelante. Desci correndo a via Vittorio Emanuele, passei pela ponte dos Leões e segui ao longo do Lambro até parar depois da ponte de San Gerardino. O claustro estava escuro, ouviam-se apenas as vozes baixas de um canto despojado, *a capella*.

Entrei. A igreja era pequena e pouco iluminada.

Maddalena estava na penúltima fila com Donatella, a sra. Merlini e Luigia. Ela me viu e falou:

— Achei que não viesse.

Eu estava sem fôlego e com calor.

— Você veio correndo? — Ela riu. — Vamos, senta.

Donatella chegou mais perto da mãe a fim de abrir espaço para mim. Luigia me disse:

— Feliz Natal.

A missa na catedral era uma cerimônia feita para ser admirada por quem ignorava Deus e se preocupava em exibir o próprio fervor para aqueles que preenchiam as primeiras filas cantando mais alto do que os outros. A de San Gerardino era feita para ser ouvida, para aqueles que realmente precisavam de Deus.

Durante a oração eucarística, até Maddalena se ajoelhou. Dirigia-se ao Senhor do seu jeito, como se Deus estivesse sentado ao seu lado, e não no alto dos céus.

Ela havia decidido acreditar, e, quando se obstinava, era assim e pronto. Ao falar com Deus, talvez se sentisse mais próxima de Ernesto, pois sabia que, em algum lugar, ele estava fazendo o mesmo.

O mármore sob os bancos estava molhado pelas solas ensopadas de neve. O padre dizia:

— Esta é uma noite de esperança.

Desloquei-me ligeiramente para ficar o mais perto possível de Maddalena. Depois me ajoelhei, entrelacei as mãos e apoiei o queixo nelas. Tentei rezar. Rezei por Ernesto e para que a guerra acabasse. Rezei pela fábrica de chapéus e até por minha mãe. Rezei por meu irmão, que não estava mais entre nós e sabe-se lá quem teria se tornado se tivesse sobrevivido. E rezei por Maddalena. Com ela, eu conseguia acreditar também naquilo que, até aquele momento, havia julgado inverossímil ou absurdo, como o fato de que o Senhor gostava de mim, embora eu também escondesse uma culpa. Era ela quem me fazia acreditar que também podia haver salvação para mim. Era ela quem iluminava tudo.

Quando chegamos ao apartamento dos Merlini já passava da uma hora. Eu nunca havia ficado acordada até tão tarde, o sono se transformara em uma sensação opressiva na base da nuca que tornava os pensamentos leves e fazia com que eu me sentisse mais velha.

Nós nos sentamos em volta da mesa da cozinha, que não tinha toalha. Enquanto isso, Luigia abria a embalagem azul-

-escura do panetone Motta e Donatella colocava na mesa a tigela de vidro com o creme de *mascarpone*. Movia-se lentamente, como se algo a oprimisse, e falava pouco, só respondia se a mãe perguntava algo e dizia apenas "sim" e "não".

Era estranha uma casa sem homens. Parecia mais vazia, mais silenciosa. Persistia o cheiro de terra molhada porque Luigia havia começado a fumar cigarros enrolados com sedas finas e o tabaco barato de que Ernesto gostava.

Luigia abriu o panetone e me ofereceu uma fatia. Ela o chamava de "Pão do Toni" por causa da lenda do tal Antonio, que trabalhava na cozinha dos Sforza e o havia criado apenas para consertar um erro. A voz dela era delicada e triste quando se dirigiu a mim:

— Diz se você gosta. — E pôs no meu prato uma colher de creme. Levantou a forma de papel grosso que circundava o panetone. — É para dar sorte. — E o pôs na cabeça de Donatella, como uma coroa.

Ela esboçou um sorriso e o tocou de leve com os dedos.

— Obrigada — disse com os olhos marejados.

Comemos o panetone com creme, estava gostoso, mas deixei de lado as frutas cristalizadas. Depois vieram as tangerinas, afinal era Natal, uma para cada uma. Maddalena tirou a casca em uma única tira e pôs os gomos em fila no prato antes de comê-los. Em seguida, descascou a minha.

— Pode engolir as sementes também porque a história da planta não é verdade — afirmou. Depois acrescentou com um sussurro: — Mas estas não são tão boas como as daquela vez.

Nenhuma de nós voltara a falar das duas tangerinas do sr. Tresoldi, as únicas que conseguimos roubar na noite da prova de coragem e que comemos afobadas, fugindo. Quando terminou com os gomos, Maddalena chupou a casca e começou a mastigá-la, crispando os lábios.

— Toma, não quero mais — falei, dando-lhe a metade que restava da minha tangerina.

Ela me agradeceu e enfiou tudo na boca de uma só vez. Comeu com gana, depois recolheu as frutas cristalizadas que eu havia rejeitado e, por fim, lambeu a ponta dos dedos coberta de açúcar.

— Você é mesmo uma esbanjadora.

— Sempre acabam rápido demais — comentou Donatella, brincando com o que sobrara da tangerina.

— O quê? — perguntei abruptamente.

Maddalena segurou uma casca entre dois dedos e a espremeu perto do meu rosto, o que fez com que o suco esguichasse nos meus olhos.

— Ei — protestei, e ela riu.

— As coisas boas — respondeu Donatella sem levantar o olhar. — Nunca duram tempo suficiente. — Pestanejou ligeiramente, a voz trêmula. — Vão embora e deixam apenas o sabor.

— O que está acontecendo? Você está chorando? — perguntou Luigia.

— Mas que bobagem! Está chorando por causa de uma tangerina?! — exclamou a mãe, que tinha acabado de limpar com um dedo a tigela do creme de *mascarpone*.

— Deixa disso, eu estou aqui — assegurou Luigia, aproximando-se para abraçá-la.

Donatella recolhia em silêncio as migalhas na mesa. A sra. Merlini juntou as cascas das tangerinas e as pôs no fogão.

— Assim o perfume se espalha — explicou.

Maddalena apontou para fora:

— Meu Deus, está caindo! — Pulou da cadeira e, descalça, foi até a janela, abriu-a e saiu para a sacada só de blusa.

Lá fora, começaram a cair flocos grandes e pesados, nítidos contra o céu negro.

— Tratem de fechar essa janela, vai entrar todo o frio lá de fora — disse a sra. Merlini enrolando-se no xale.

As cortinas esvoaçavam com o vento, a vareta de metal que as mantinha esticadas batia no fundo dos móveis e nos ladrilhos da cozinha a neve derretia.

Saí com Maddalena para olhar a neve que ela tentava pegar mantendo a palma das mãos esticada e a língua de fora.

— É gostosa.

— E já tem muita. Está se acumulando — comentei, apontando para a rua, onde a iluminação pública desvanecia em meio a flocos que pareciam chumaços de algodão. Comecei a rir. — Eu não sabia que dava para comer neve.

— Experimenta — disse Maddalena. Pôs a língua para fora e fez: — Aaaah. — Seguindo os flocos com a boca aberta, quase como se quisesse mordê-los no ar.

— Vocês são doidas! Entrem, senão vão pegar uma doença! — gritou Luigia do lado de dentro.

— Vocês viram como está caindo? É lindo — falou Maddalena. — E não se ouve nada.

Seus pés descalços já tinham ficado roxos, mas ela nem ligava.

Luigia pôs o xale na cabeça e juntou-se a nós.

— Está um frio danado aqui. — Respirou fundo. — Parece que só existimos nós no mundo — declarou. A neve pousava nos cabelos, nos cílios longos e negros dela. — Ernesto teria gostado.

Maddalena me disse que no dia em que os pais dela se casaram estava nevando. A mãe tinha dado ao pai o véu para que ele o usasse como cachecol porque estava frio demais; antes de ir para a igreja, ele havia preparado uma sopa para esquentar a garganta, queimou a língua ao prová-la e, na hora do juramento diante do Santíssimo, quase não conseguiu falar.

— Luigia! Fecha essa janela, por favor — implorou a sra. Merlini. Chegou na beirada da sacada e parou, a luz que vinha da cozinha lhe desenhava com nitidez a sombra. — Mas é lindo mesmo, não é?

Ela também parecia feliz, os olhos fechados voltados para o céu. Depois, de repente, olhou para Maddalena. De verdade. Esticou o braço na direção dela e tirou com os dedos a neve do cabelo da filha.

— Vamos, entre, depois você fica com um febrão por causa do frio — disse.

Maddalena ficou rígida e parada, com a boca aberta e sem dar um pio, como se, por um instante, tivesse visto um fantasma vindo de uma lembrança e temesse assustá-lo se respirasse. A sra. Merlini não procurou os olhos de Maddalena e não falou mais nada. Entrou para lavar os pratos.

Voltamos para o calor gostoso da cozinha, a palma das mãos e as bochechas coradas e os flocos derretidos na pele aquecida. Maddalena tirava com mãos trêmulas os que haviam ficado presos na minha nuca. Os dedos dela cheiravam a tangerina.

— Onde está Donatella? — perguntou em certo momento.

A cadeira em que ela se sentava estava vazia. Havia deixado na mesa a fatia de panetone intacta.

Fomos para a sacada interna procurá-la, primeiro Maddalena, depois eu, enquanto Luigia e a sra. Merlini arrumavam a cozinha.

Do banheiro, saía uma réstia de luz branca da lâmpada acesa, formada pela porta entreaberta. Chegamos mais perto. Maddalena avançava com cautela, como fazia quando queria roubar os lagartos dos gatos do Lambro.

Foi ela quem empurrou a porta, devagar, sem um rangido sequer.

Donatella estava ajoelhada diante do buraco da privada, as pernas lívidas no chão, a coroa de papel do panetone ainda na cabeça, um pouco torta. Estava chorando. A cada respiração dava um soco na própria barriga e soltava um leve gemido. Cuspiu na louça suja, limpou os lábios com o dorso da mão e recomeçou a dar socos na parte baixa do ventre, várias vezes, como se seguisse o ritmo de uma cantilena para crianças.

— O que você tem? — perguntou Maddalena.

Donatella se virou, tinha o rosto desfigurado e terror no olhar.

— Nada. Não tenho nada — apressou-se em dizer enquanto se levantava e alisava as dobras da saia.

— Você estava chorando.

— Que nada! — Forçou uma risada. — Só estava um pouco enjoada. Não devo ter feito bem a digestão. É esse maldito frio.

Procurou recompor o penteado com gestos desajeitados: o pega-rapaz que se alongava sobre a bochecha tinha se desfeito e os cabelos estavam empapados de suor. A coroa de papel caiu e foi parar no chão. Ela a deixou ali e abriu caminho entre nós a fim de voltar depressa para o apartamento.

Eu e Maddalena ficamos nos olhando diante da porta do banheiro, como se procurássemos uma explicação para o que tínhamos visto. Ela disse apenas:

— Você também viu o que eu vi, certo?

Anuí, mas não consegui falar. Tive a sensação de que havíamos espionado um segredo, algo sujo e misterioso, grande demais para nós. Algo que só podia trazer desgraças.

Quando voltei para casa, encontrei a luz acesa, meu pai na poltrona da entrada com as mãos no joelho e minha mãe, ainda com o vestido de festa, com os dedos entre os cabelos, os cotovelos apoiados na mesa e a garrafa de licor diante dela. Levantou-se de supetão e gritou furiosa:

— Como pôde fazer uma coisa daquelas? Desgraçada!

No apartamento embaixo do nosso, começaram a bater com a vassoura no teto, gritavam para que parássemos de fazer barulho.

Meu pai se levantou, passando a palma das mãos sobre as coxas como se estivesse tirando poeira, e disse apenas:

— O importante é que você está bem. Agora vamos dormir, está tarde. O resto resolvemos amanhã.

Trancou a porta, pôs a chave no bolso do roupão e foi dormir.

— Seu pai lava as mãos, como sempre — disse minha mãe, e terminou de uma só talagada o licor que restava no copo. — Mas dessa vez você vai ver o que vai acontecer, senhorita. Daqui em diante, não vai mais sair de casa sem minha autorização. E vou ficar bem atenta.

— Desculpe — tentei dizer, o medo subindo até a garganta, afinal, se aquela ameaça fosse cumprida, eu não conseguiria mais ver Maddalena.

— Você tem ideia do vexame que nos fez passar? Vieram perguntar sobre você depois da missa. A sra. Colombo e até o pároco! As pessoas nos olhavam. Onde você estava?

— Na casa de Maddalena — respondi de um só fôlego.

— De quem? — gritou.

Encarei-a e disse:

— Da Maldita. Comemos panetone. Foi bom.

Mamãe riu, uma risada que me assustou.

— Espero que tenha se despedido dela como se deve, porque não a verá nunca mais.

Atrás da porta do quarto, meus pais discutiram por muito tempo. Deitada na cama, ainda vestida, eu seguia as sombras intricadas que se moviam no teto e pensava na neve que derretia na língua, em Maddalena que mastigava a casca das tangerinas, na irmã que enchia a barriga de socos e chorava. Senti vontade de rezar. De pedir ao Senhor: "Por favor, proteja todos eles."

Passei as festas de Natal em casa. Meus pais saíam para um jantar ou outro na casa dos Colombo ou de outras "pessoas importantes" e nunca me levavam com eles.

Também passei o fim do ano ali, brincando de *Viagem pela África Oriental em 48 Etapas* com Carla, que me dizia: "Lamento, mocinha. Dessa vez, se eu deixar você sair, me mandam embora de verdade."

O que eu considerava mais terrível era não poder avisar Maddalena de forma alguma. E se ela pensasse que eu a tinha abandonado? E se depois não me quisesse mais? Eu me consumia, implorava, prometia que nunca mais pediria nada, nem de aniversário, se me deixassem sair só por uma hora, se me permitissem pelo menos escrever uma carta para ela. De nada adiantou.

Depois, um dia, devia ser 5 de janeiro, véspera da Epifania do Duce, o Natal dos pobres, enquanto eu estava sentada à mesa da sala tentando resolver um problema, "Dez italianinhos compram meio quilo de biscoitos cada e gastam 2,25 liras...", alguém tocou a campainha e Carla foi abrir enquanto dizia:

— Deve ser o quitandeiro.

Fiquei paralisada. Por pouco não derrubei o tinteiro no caderno de dever e saí correndo atrás dela. Os cachos de Noè Tresoldi estavam achatados pela umidade, o queixo estava escondido por um cachecol e, nos braços, ele carregava um caixote de frutas e verduras.

— Entrega para a sra. Strada.

— Pode me dar — disse Carla. — Quanto é?

— Oi — falei, a respiração entrecortada.

— Oi — respondeu ele. Em seguida, respondeu a Carla:
— Vinte liras e sessenta e cinco centavos, senhora.
— Senhorita — corrigiu ela com tom bem-humorado.
Ao perceber que ainda estava de camisola e roupão de lã, amarrei apressadamente o cinto e cobri o peito.
— Preciso te dizer uma coisa — avisei.
— Eu também.
Carla olhou para mim e, depois, para ele. Tirou das mãos do jovem o caixote de frutas.
— Vou deixar isto aqui na cozinha. Já volto com o dinheiro. Talvez eu demore um pouco a achar os trocados.
Desapareceu cantando *"Dammi un bacio e io ti dico di sì. Nell'amor si comincia così"*.
Noè me fitava com os olhos apertados.
— Você precisa dizer a Maddalena que estou de castigo. Por isso não pude ir à casa dela. Vai dar o recado, não vai?
Ele esfregou a palma das mãos e soprou para aquecê-las.
— Tudo bem.
— Achei que ela talvez viesse me procurar, mas não veio. Nem uma vez. Talvez ache que eu não quero mais vê-la ou que a esqueci. Mas não é nada disso. Pode dizer isso a ela também?
— Ela não veio procurar você por causa do que aconteceu — respondeu, enquanto esfregava o cachecol entre os dedos. Fungou. — Você não soube, não é?
— Do quê?
— Era isso que eu queria te dizer: outro dia, a irmã dela se jogou no Lambro.

— Vocês sabiam. Vocês sabiam e não me contaram.
Eu nunca tinha falado daquela maneira com meus pais, nunca tinha ousado, mas pensar na Maldita acendia um fogo dentro de mim.

— Isso não é coisa de criança — disse minha mãe, calma, enquanto bebericava um chá de hibisco. Segurava o pires com uma das mãos e a xícara com a outra, como nas ilustrações dos livros de boas maneiras. — E não fica bem trazer para a própria casa as desgraças alheias.

Papai continuava escondido atrás do *Corriere della Sera* e mamãe tossiu discretamente. Ele abaixou o jornal e passou a língua nos lábios, hesitante.

— Francesca...

— Quero ir falar com ela.

— O quê? — bradou minha mãe, e bateu com a xícara no pires. Virou-se para meu pai. — Você ouviu? Acha que ela aprendeu com quem a ser insolente assim?

— Quero ir falar com Maddalena.

Carla estava na cozinha, dava para ouvir o barulho das xícaras na pia.

— Está fora de questão — afirmou minha mãe. — Eu já disse: você nunca mais vai voltar a ver aquela menina.

Na última noite do ano, Donatella se jogou da ponte dos Leões e ficou boiando na água durante o tempo de um rosário inteiro antes que conseguissem tirá-la de lá. Saiu negra de lama, os lábios e a pele lívidos, as roupas ensopadas, os olhos vazios, tremendo como um gatinho recém-nascido. Desde então, não falou mais, nem mesmo com o padre que foi benzê-la em casa. Maddalena o escorraçara a pontapés enquanto dizia que a bênção só serve para os moribundos, e Donatella não estava morrendo. Estava, entretanto, acamada, com as cobertas esticadas até o queixo, tinha febre alta e um suor gelado que a fazia tremer.

Não me deixaram sair até a volta às aulas, em 9 de janeiro, já que o dia 8 era considerado feriado por causa do aniversário da rainha Elena. Quando minha mãe me disse para rezar pela saúde da rainha, desejei que a monarca morresse por causa daquele dia a mais que me fazia passar longe de Maddalena. Na manhã do dia 9, saí antes das sete e corri quase sem parar até a via Marsala. Minha garganta ardia enquanto eu aspirava lufadas de ar frio que cortavam como gelo sobre ferro, as panturrilhas e os quadris latejavam de dor.

Foi Maddalena quem abriu a porta. Embora fizesse frio, estava descalça e usava uma blusa leve para fora da saia. Os olhos estavam tão cansados que pareciam se esconder atrás das órbitas.

— Oi — falou.
— Eu estava de castigo.
— Eu sei.
— Não podia vir.
— Eu sei.
— Mas queria muito.
— Noè me disse — respondeu, e em seguida se afastou para o lado. — Quer entrar?

Larguei a pasta na entrada e fui atrás dela.

O apartamento cheirava a quartos onde dormiram demais, um torpor escuro e sufocante, as luzes apagadas.

— Como está Donatella?
— Na mesma.

Na cabeceira, estavam a mãe, que desfiava um rosário e murmurava uma prece chorosa, e Luigia, que costurava renda na borda de um véu de tule sob a luz de uma vela.

Donatella estava com a pele amarelada, o cabelo preto desalinhado sobre o travesseiro parecia uma alga apodrecida.

Maddalena segurou minha mão e me levou para a cozinha. Nós nos sentamos à mesa e, antes que ela falasse, tive tempo de observá-la. Parecia que tinha emagrecido, até o rosto estava mais anguloso, como se tivesse envelhecido de uma hora para outra.

— Ela só me contou que não foi porque deseja morrer que fez aquilo. Mas porque quer viver, disse. A qualquer custo. O que acha que significa?

— Não sei.

Eu me senti péssima ao vê-la naquele estado. Queria transferir aquela dor para mim.

— Não quer me dizer mais nada. Nem se eu a obrigar — continuou. Quando levantou novamente a cabeça, estava com olhos malvados. — Alguém fez mal a ela. Foi isso, sem dúvida.

— E o que a gente pode fazer?

A Maldita mordeu o lábio com os dentes até a pele embranquecer e anunciou:

— Precisamos encontrar um ganso e arrancar a língua dele.

Parte quatro

A língua decepada do ganso

21.

Estávamos na calçada do outro lado da rua, na frente da loja do sr. Tresoldi, encostados na porta de ferro recém-pintada da tabacaria. As sombras da noite eram espessas; à luz da iluminação pública, nossa respiração se adensava no vazio em sopros que eu tentava apanhar com as mãos, para aquecê-las.

— E o que vamos fazer com um ganso? — indagou Matteo coçando o nariz.

— Com a língua, não com o ganso inteiro — corrigiu Maddalena.

— E para que você precisa da língua de um ganso? — insistiu Filippo.

— Vou colocar embaixo do travesseiro da Donatella e ela vai ser forçada a dizer a verdade — respondeu Maddalena, levantando os ombros. — É assim que funciona.

— E como vai arrancá-la? — perguntei, sentindo um calafrio.

Ela pegou uma faca que havia roubado da cozinha.

— Fácil — respondeu. — Com isto.

— Você sabe usar? — Matteo fez um ruído com a garganta antes de cuspir um coágulo de catarro na poça de neve cinzenta no chão.

— Quer ver? — provocou Maddalena, e a lâmina brilhou à luz da rua.

Matteo levantou os braços em sinal de rendição.

— Tudo bem. Eu acredito, eu acredito.

Ela guardou a faca e afastou uma mecha de cabelo que tinha deslizado por cima dos olhos.

— Prontos?

O fundo do bolso de Maddalena estava molhado e pesado, e dele emanava um cheiro ruim.

— O que mais tem aí?

— Você vai ver.

— Pronto. — Matteo bateu com o punho na palma da outra mão.

— Acho que vamos nos meter em uma enrascada — disse Filippo.

Maddalena se lançou rumo à calçada em frente, mas não se dirigiu à porta de ferro fechada da quitanda. Correu em direção ao amplo portão que dava acesso ao pátio interno do edifício.

— E agora? — perguntei assim que me juntei a ela.

— Vamos entrar?

— Como?

— Geralmente como fazemos para entrar?

— Precisamos de uma chave. E não temos.

A Maldita abriu um sorriso. Virou-se e esticou a mão para Matteo. Ele começou a procurar no bolso do capote e pegou uma grande chave, toda arranhada. Hesitou antes de soltá-la na palma da mão de Maddalena.

— Onde você pegou isso?

— Você é tonta? — Matteo bufou, soltando o ar com força pelas narinas.

Franzi os lábios, ofendida, e retorqui:

— E por que guardou a chave se o açougue não existe mais?

— Porque eu sabia que um dia voltaria aqui.

— Se temos a chave, então não é roubo, certo? — questionou Filippo às costas de Matteo, com os olhos arregalados como bolas de gude.

— Calados, senão vão ouvir a gente! — exclamou a Maldita e enfiou a chave na fechadura.

Deu duas voltas e a tranca do portão se abriu. Apoiou a palma das mãos nas saliências de madeira escura e empurrou. Fez sinal para que nos apressássemos, mantendo-o aberto. Filippo e Matteo obedeceram e em seguida desapareceram na escuridão.

Eu e Maddalena ficamos sozinhas, e então ela se virou na minha direção e estendeu a mão.

— Você vem?

— Você acredita nisso mesmo? — perguntei, enquanto ela mantinha a mão erguida, esperando que eu a segurasse. — Quer dizer, na história da língua.

A Maldita me olhou como se olha para uma criança.

— Claro que acredito. Por quê? Você não acredita?

Entrelacei meus dedos com os dela.

— Se você acredita, eu também acredito.

Atravessamos o escuro corredor da entrada, que cheirava a sabão, e passamos pela portaria vazia sob um silêncio sepulcral.

Entramos no pátio, a terra nua e congelada sob as solas dos sapatos, o medo apertando a garganta como um nó. Filippo e Matteo ficaram parados olhando em volta, as costas apoiadas no muro. A Maldita passou por eles e nos intimou a segui-la.

— Não. — Matteo contraiu o rosto e teve um sobressalto. — Era a minha casa. Eu é que sei aonde ir.

Maddalena o fitou e pôs-se de lado.

Matteo passou na minha frente, batendo de propósito com o ombro em mim, depois continuou a andar até o fundo do pátio, onde chegava pouca luz e estavam amontoados velhos bancos despedaçados e móveis que não prestavam mais e seriam jogados fora.

— Pronto — falou e indicou uma grade preta com arame farpado que dividia o terreno do sr. Tresoldi do restante do pátio. Foi então que ouvimos o latido do cão.

Demos um salto para trás e me esforcei para não gritar. O bicho tinha olhos alaranjados que brilhavam, cuspia espuma suja e mostrava os dentes brancos como ossos quebrados enquanto enfiava o focinho entre as barras e arranhava com as unhas.

Matteo arrancou um pedaço de pau de um caixote de madeira quebrado e disse:

— Agora eu mato esse desgraçado.

— Quietinho — ordenou a Maldita, dando-lhe uma cotovelada nas costelas que o fez tossir.

Do bolso que pingava, tirou alguma coisa mole e vermelha, um líquido escuro lhe escorreu pela manga.

— O que é isso? — perguntou Filippo ao mesmo tempo que tapava o nariz com os dedos.

Maddalena aproximou-se da grade enquanto o cão girava a cabeça entre as barras, deformando o focinho, e continuava a rosnar. A baba escorria grossa.

— Você quer? — incitou Maddalena, e pôs a carne na frente do cão.

— Ele vai arrancar sua mão.

— Cuidado!

— Vamos voltar — propus agarrando-a pela borda do capote, mas ela se soltou.

Ela estava muito perto, a ponto de o bicho poder morder-lhe o nariz. Um sorvo e depois a respiração ofegante. O cão cheirou o pedaço de carne, rosnando baixinho, e escancarou a boca para comê-lo. Foi naquele instante que Maddalena ergueu o braço, esticou-o para trás e atirou para além da cancela o naco úmido, que acabou batendo no muro e caindo no chão, em meio à poeira. O cão se afastou da grade e correu para os fundos do pátio.

Meus ossos estavam doendo, e só então percebi que meus dentes não paravam de bater de frio.

— Vamos, antes que ele acabe — disse Maddalena.

— E como vamos chegar do outro lado? — perguntou Filippo apontando para o arame farpado em cima da grade.

— Pulando.

— Olha, se a gente se cortar nesse arame, não vai sobreviver para contar a história — avisou Matteo com o pedaço de pau apoiado no ombro.

— E se usássemos aquilo? — repliquei, apontando para uma velha colcha suja abandonada sobre os caixotes. — Podemos jogar sobre o arame farpado para passar por cima.

A Maldita sorriu.

— Boa ideia.

O sorriso dela tornava as medalhas da escola e os elogios dos adultos bobos e infantis.

Filippo e Matteo dobraram a colcha em quatro para que a camada de tecido ficasse suficientemente grossa e não rasgasse com os espinhos de ferro. Contaram até três e a jogaram sobre a grade. Maddalena foi a primeira a passar. Pôs os pés entre as barras e deu um salto, com os antebraços apoiados na coberta para pegar impulso.

— Funciona — sussurrou após chegar no pátio com os animais.

Matteo a seguiu e ajudou Filippo a passar. Eu também tentei saltar, mas não tinha força suficiente. Maddalena continuava a me olhar, imóvel. Queria ver se eu conseguia sozinha. Aquela também era uma maneira de me testar? Enrijeci a mandíbula como ela fazia, dobrei as pernas e pulei. Por um instante, o vazio; depois, com força brutal, o ombro, o quadril, os cotovelos bateram no chão. Deixei escapar um gemido agudo enquanto tudo ardia e Matteo ria.

— *Shh* — fez a Maldita, com o dedo nos lábios. Depois me levantou. — Não aconteceu nada — comentou, ao mesmo tempo que verificava os pontos onde meu capote tinha rasgado.

— Nada — repeti, e limpei a poeira do rosto.

— Vamos, sua molenga. Temos que nos apressar — disse Matteo.

O cão mantinha o osso preso entre duas patas e o lambia, a carne mordiscada.

Avançamos na penumbra cheia de sombras. Havia as capoeiras das galinhas, fardos de feno, equipamentos sujos largados contra o muro descascado, caixotes de fruta destruídos, uma banheira cheia de água com cheiro de podre e o fedor daquilo que, nos passeios na montanha ou nos campos, meu pai, em dialeto, chamava de *buascia*, quando avisava "Cuidado, não pise aí" e indicava os círculos, largos e achatados como tampas de panela, de esterco das vacas. Parecia que o quitandeiro tinha arrancado um pedaço do campo para plantá-lo ali, no centro de um pátio na cidade.

Em um cercado baixo, estavam os gansos: uma bancada inclinada que servia de escadinha e uma marquise ondulada com a palha úmida embaixo onde as aves dormiam, o pescoço inclinado e o bico escondido na plumagem.

— Precisamos escolher um — disse a Maldita.

— E depois? — perguntou Matteo.

— A gente mata ele.

— Você sabe como se faz?

— Não — respondeu a Maldita, e levantou os ombros. — Mas as pessoas fazem isso todos os dias. Não pode ser tão difícil assim. — Pulou para dentro do cercado. — Vocês vêm?

O silêncio me oprimia. Juntei-me a ela. Maddalena estava agachada perto dos gansos adormecidos, as penas se mexendo devido à brisa gélida.

— São lindos — comentei.

— E gordos — acrescentou ela e girou a faca. — O sr. Tresoldi engorda eles para depois fazer patê de fígado.

Com a faca entre os dedos e a respiração irregular que lhe saía pela boca aberta, ela olhava os gansos que dormiam.

— Tem certeza de que quer fazer isso?

— Preciso pegar a língua — respondeu e engoliu saliva, os olhos brilhando no escuro. — Não tem outro jeito.

— Nós seguramos, está bem? — propôs Matteo.

— E se o ganso começar a grasnar? — indagou Filippo.

— Vamos matar antes.

— Mas você tem que torcer o pescoço dele, como fazem com as galinhas?

O uivo repentino do cão quebrou o silêncio. Matteo praguejou, Filippo escondeu a cabeça entre as mãos e falou:

— Meu Deus, agora vamos ser pegos.

O cão começou a gemer, a arranhar a terra com força, depois uivou mais, com um som sofrido, intenso. A Maldita fez uma careta.

— Vou dar uma olhada. Esperem aqui — disse, passando a faca para Matteo.

Pulou com ambos os pés por cima do cercado e desapareceu na escuridão, a barra do capote grande demais batia-lhe nas coxas nuas que brilhavam ao luar frio.

Eu me virei. Matteo e Filippo me olharam. Trocaram um rápido sinal de entendimento, anuíram.

Matteo segurava a faca, Filippo estava atrás dele e repetia.

— Agora. Tem que ser agora, vamos.

— O que estão olhando?

— Decidimos que você deve ir embora — disse Matteo.

— Quem decidiu?

— Nós.

— Nós quem?

— Nós três.

— Não é verdade.

— É, sim — disse Filippo.

— Você não pode mais ficar com a gente. Não queremos mais você.

— Eu errei daquela vez, na escola, mas passei no teste das tangerinas. Ela me perdoou.

— Não ligo para o perdão. Somos nós que não queremos você — retrucou Matteo. — Você quer tirar ela de nós.

— Já tirou — replicou Filippo com uma voz aguda.

— Não é verdade — tentei protestar.

— E o que estava fazendo na casa dela?

— Ela nunca deixou a gente entrar naquela casa.

— O que você tem para ser melhor do que nós?

— Você tem que ir embora — sibilou Filippo e segurou o ombro de Matteo, a língua estalando no espaço entre os dentes. — Ou juro que vamos matar você.

— Não — respondi, a respiração congelada e difícil.

— Então é bom tratar de começar a correr.

Minhas pernas tremiam.

— Não quero deixar a Maddalena. Por motivo nenhum no mundo.

— Ela não quer que você diga o nome dela.

— A mim, ela permite.

Os lábios de Matteo se contraíram em uma careta assustadora.

— Você me dá nojo.

Foi rapidíssimo: o braço se lançou para a frente e voltou para junto do corpo antes que eu conseguisse perceber a dor. No entanto, gotejava sangue da lâmina na terra dura como gelo.

Levei a mão ao rosto, onde um corte que já me ardia havia se aberto.

— Vê se ela está voltando — disse Matteo, ainda me vigiando.

Filippo anuiu e esticou-se na direção do cercado.

— Ainda não.

No fundo do pátio, o cão não parava de uivar.

— Então temos tempo. — Matteo passou a língua nos lábios. — Não quero machucar uma garota — afirmou. — É só você ir embora. Está bem?

O sangue estava viscoso e quente entre meus dedos. De repente, os joelhos não aguentaram mais meu peso. Meus olhos se encharcaram, vi tudo embaçado. Enquanto isso, Matteo me ameaçava:

— E se contar para a Maldita, corto sua língua como vamos fazer com a do ganso.

Comecei a chorar.

O que me dava medo não era ele com aquela faca que não sabia usar. Era o pensamento de como justificaria o corte no rosto. Eu tinha conseguido roubar as chaves de casa da bolsa da minha mãe que estava em cima do móvel da entrada e sair escondida, sem fazer barulho. No entanto, o que eu diria quando, na manhã seguinte, minha mãe me visse naquele estado? Não havia modo de esconder, era a prova dos meus subterfúgios.

Matteo ria alto.

— As mulheres têm as lágrimas prontas como os cães têm o mijo — disse, com escárnio, em dialeto. — Vai embora agora. Nos deixa em paz e para de choramingar.

Peguei um punhado de terra e joguei no rosto dele. Ele recuou e tentou limpar os olhos com a manga do capote.

— Não tenho medo de você! — gritei.

Os gansos grasnaram todos juntos, as asas batendo por toda parte, levantando poeira e palha. Esgueirei-me de lado e dei um salto para me afastar dele, mas Filippo, que ouvira os gritos, voltou-se. Jogou-se em cima de mim e me imobilizou. Matteo apertou meu tornozelo e repetiu:

— Vou cortar sua língua.

Filippo tapou minha boca com a mão e eu mordi os dedos dele. O garoto soltou um grito dilacerante e me deu um tapa.

— O que estão fazendo?

De repente, vi a Maldita.

Em torno de nós, as janelas e as sacadas que davam para o pátio estavam com as luzes acesas.

— O que estão fazendo? — repetiu Maddalena com uma voz que eu nunca tinha ouvido.

— Ela ficou com medo e queria chamar os adultos — falou Matteo com a respiração entrecortada.

— Tínhamos que impedir.

Eu não conseguia falar nem parar de chorar, e pressionava com força a mão sobre a bochecha, por cima do sangue que ainda escorria.

A Maldita estava com as pernas abertas, os pés bem plantados na terra e os olhos arregalados. Olhou para Matteo e Filippo: parecia a estátua de bronze do monumento aos mortos pela pátria, aquela da espada desembainhada com o grito de guerra esculpido para sempre no rosto.

— Vão embora — disse ela.

— Espera — balbuciou Matteo. — Foi ela. A culpa é toda dela.

— Você não devia ter chamado ela para descer com a gente até o Lambro. Não devia — acrescentou Filippo.

Maddalena nem piscava mais. Estava dura e pálida, imóvel.

— Vocês agora estão com medo. Sentem que estão prestes a morrer. Agora vai acontecer algo ruim com vocês.

Filippo tapou os ouvidos e começou a choramingar.

— Eu não queria — justificou-se. — Foi ele, eu não queria.

— Vocês vão se machucar. Talvez caiam e os ossos saiam pelos joelhos. Ou talvez os ratos do rio comam os dedos dos pés dos dois. Ou então pulem a grade e os espinhos de ferro entrem na barriga de vocês.

Ela avançou na direção de Matteo, que recuava.

— Ela é só uma garotinha. É por sua causa que estou fazendo tudo isso, você não entende?

— Você é um garoto invejoso — disse Maddalena, aproximando-se mais.

Ele se virou de lado. Foi então que soltou um grito. Um grito agudíssimo, aterrorizante. Caiu, curvou-se segurando a perna e se contorcendo na terra em meio aos gansos que grasnavam alto em volta. Um prego estava enfiado na planta do pé dele, o sangue esguichava por toda parte.

Maddalena se curvou sobre mim.

— Você está bem?

Anuí, fungando e enxugando o rosto com a manga. Segurei a mão que ela me estendera e me levantei. Maddalena me abraçou e eu tremi encostada ao corpo dela enquanto Matteo continuava a rolar na terra, berrando.

Filippo tinha fugido e já não o víamos.

Das janelas e das sacadas, chegavam vozes: "Quem está aí?", "São ladrões!", "Alguém precisa ir dar uma olhada".

— Temos que fugir — falei.

— Não podemos deixar o Matteo aqui nesse estado — respondeu a Maldita. — E ainda não peguei a língua.

— E se chegar alguém?

— Ninguém mete medo na gente. Lembre-se sempre disso. Ninguém.

As luzes estavam todas acesas e o pátio parecia o presépio que montam na igreja para o Natal. Nas sacadas e janelas, as mulheres olhavam curiosas, com o xale nos ombros e a redinha nos cabelos. Nas escadas, o barulho dos passos dos homens, que desciam cada vez mais depressa.

O portão foi aberto com tanta força que chegou a bater, e em um instante um grupo de homens de roupão e pantufas seguiu na nossa direção, o cão balançava o rabo e pulava em volta do homem que guiava os outros: com uma das mãos ele segurava uma lanterna e com a outra, uma espingarda de caça.

— Que raios estão fazendo aqui? — perguntou, o rosto que, à luz da lanterna, expressava a mesma maldade que eu tinha visto todas as vezes que ele havia nos descoberto. Passou pelo cercado dos gansos e chegou tão perto de nós que consegui sentir o cheiro ainda quente do sono e mais forte ainda de alho e suor.

Eu tinha certeza de que ia morrer. O sr. Tresoldi puxaria nosso pescoço como se faz com o das galinhas.

Maddalena foi até ele e o encarou.

— A gente queria roubar um ganso — disse, séria. — Mas ele se machucou. — Apontou para Matteo, que gemia baixinho como um cachorrinho. — Então não conseguimos roubar nada.

O sr. Tresoldi começou a gargalhar.

— As pessoas têm razão de chamar você de Maldita.

Maddalena mantinha atrás das costas a mão que segurava a minha. Só eu a sentia tremer.

— A culpa é toda minha — prosseguiu ela. — Eles não têm nada a ver com isso. Mas eu realmente precisava de um ganso e ir embora daqui de mãos abanando está fora de cogitação.

O sr. Tresoldi soltou uma gargalhada tremenda.

Os outros homens cochichavam, sem coragem de saltar o cercado, aglomerados como um bando de pombos diante de uma fuinha.

— Se meteram em uma bela enrascada — disse o sr. Tresoldi. — E o que devo fazer com vocês agora?

Maddalena continuou a encará-lo.

O sr. Tresoldi apoiou a espingarda na capoeira dos gansos. Disse "xô", afastando-os com os pés enquanto se aproximava de Matteo e o levantava como se fosse um saco de tangerinas cheias de calombos.

— Vão dormir que eu cuido disto — comunicou aos outros homens.

Alguns tentaram protestar, outros ficaram em silêncio, mas ninguém se mexeu nem fez menção de ir embora.

— Vão dormir, já disse — repetiu o sr. Tresoldi. Apontou a lanterna para as mulheres que olhavam das sacadas. — Vocês também, vão para a cama. Este pedaço do pátio é meu e sou eu que decido — declarou e depois se virou na nossa direção, carregando no ombro Matteo, meio desacordado, com o sangue escorrendo e manchando-lhe o roupão cinza, sujo.

— E vocês, venham comigo.

Na cozinha do sr. Tresoldi só havia a luz fria de uma lâmpada exposta presa ao teto. Balançava ao vento que entrava pela janela entreaberta, aumentando as sombras nos rostos e nas panelas de cobre penduradas na parede, preta de fuligem.

Noè se levantou para fechar as persianas e voltou para se sentar com ar conformado.

— Vocês são malucas.

Matteo estava no sofá, com o pé enfaixado, o calcanhar afundado em uma almofada e um cobertor de crochê todo esfarrapado nos ombros. Não olhava para ninguém e ainda não tinha dito uma palavra sequer, o muco e as lágrimas haviam formado crostas embaixo do nariz e nas bochechas dele.

— Não é grave — havia dito o sr. Tresoldi, medicando-o com tintura de iodo. — Por sorte, você ainda tem todos os dedos. Era um prego novinho em folha, por isso não precisa se preocupar com doenças. O sangue impressiona, mas é uma ferida boba — tranquilizou-o. Antes de voltar para o pátio, ordenou a Noè: — Fique de olho neles, vou ver como estão os gansos.

Noè estava com as pálpebras pesadas de sono, os cachos achatados em um lado da cabeça. Maddalena pressionava as unhas na toalha de mesa e formava sulcos que, depois, apagava com a palma das mãos. O silêncio naquela cozinha me aterrorizava. Eu passava os dedos devagarinho no sangue seco na bochecha e, apesar do medo e da dor que aos poucos ia diminuindo, aquela ferida fazia com que eu me sentisse importante.

— Está doendo? — perguntou Noè.

— Isto? — indaguei. — Não é nada.

Maddalena esboçou um sorriso, sem desviar o olhar da toalha de mesa.

— O que deu em vocês? — questionou Noè, mas Maddalena continuava calada e traçava linhas com as unhas.

Então ele se balançou para trás na cadeira e esticou o braço para pegar uma velha Bíblia apoiada sobre a lareira. Jogou-a na mesa e tirou do bolso um pacote de tabaco. Começou a fazer gestos lentos, comedidos: abriu a Bíblia, arrancou uma folha de papel transparente finíssima, jogou em cima dela um punhado de tabaco e começou a modelá-la com a ponta dos dedos, umedecendo-a com a saliva.

— Preciso pegar a língua do ganso — admitiu Maddalena enquanto Noè acendia um fósforo, esfregando-o na pedra da lareira.

— A língua? — perguntou ele e soltou a fumaça. — Para quê?

— Ela faz a pessoa dizer a verdade. É para Donatella — respondeu Maddalena. — Preciso saber quem a feriu.

Foi então que o sr. Tresoldi voltou do pátio, deixando a porta da cozinha bater na quina da lareira.

Apoiou algo branco e pesado no centro da mesa. A lâmpada oscilava forte, desnorteando a luz, as sombras se chocando por toda parte.

— As penas devem ser arrancadas do lado do crescimento. Nesse sentido, está bem? Comece pela cauda e deixe para o fim o pescoço e as patas. Entendeu?

Maddalena tirou de repente as mãos da mesa e anuiu, séria.

O ganso morto estava com as patas amarradas, o bico escancarado com a língua de fora e as asas abertas sobre a toalha de mesa encerada. Havia um buraco no crânio, sujo de sangue, como se uma tesoura tivesse entrado pelo bico, atravessando-o por dentro.

— Depois você tem que estripá-lo. Talvez seja melhor pedir a alguém experiente. É preciso tirar os órgãos. Mas não jogue fora, viu? O fígado é uma iguaria. Você gosta de fígado?

— Claro — respondeu Maddalena —, claro que gosto.

— Muito bem — replicou o sr. Tresoldi e limpou os dedos na calça disforme. Olhou para ela e depois para mim. — Chamava-se Elena, como a rainha.

— Quem?

— O ganso. Dou nome a todos eles. E não esqueço. Cada vez que um é abatido, é necessário fazer uma prece e encomendá-lo ao Senhor.

— Mas por quê? Os gansos também têm alma?

— Claro — respondeu o sr. Tresoldi, sério. — Todas as criaturas têm.

— E o senhor vai dar este para mim? — perguntou Maddalena. — Mesmo sabendo que eu queria roubá-lo? Mesmo tendo dito que queria nos dar como comida para os gansos? Mesmo sabendo da história das cerejas?

O sr. Tresoldi respirou fundo, puxou a cadeira para trás e se jogou ao lado do filho com um grunhido. Apontou para a Bíblia e disse:

— Faça um para mim também.

Enquanto Noè modelava o cigarro, o sr. Tresoldi, com os olhos semicerrados quase escondidos pela pele amarelada, não parava de estudar Maddalena.

— Soube dos seus irmãos — relatou. — Uma história terrível. Um na guerra lá na África e a outra que caiu no rio. — Acendeu o cigarro e começou a fumar com avidez, como se quisesse engoli-lo. Então prosseguiu: — Roubar não está certo, mas a coragem de vocês duas é de causar inveja aos soldados.

Então olhou para mim também e senti vontade de sumir.

— Maddalena só agiu assim porque precisava, senhor — expliquei com o fôlego pesando na garganta. — Não enfie a tesoura no nosso crânio como fez com o ganso, por favor.

— Ora, ora. Então você também tem voz — disse o sr. Tresoldi. A risada dele era forte como o granizo. Apagou o cigarro na sola da bota. — Achei que fosse aquela que quebra a cabeça dos outros, sabe? Eu também acreditava no que diziam por aí — acrescentou, dirigindo-se à Maldita. — Mas a verdade é que você entra na cabeça dos outros e não sai mais. É isso que faz.

22.

Foi Noè quem pôs a língua decepada do ganso embaixo do travesseiro de Donatella. Estava escuro como breu e a casa exalava um odor de doença e febre.

Noè levantou, com a delicadeza digna de uma mãe, o canto do travesseiro e enfiou embaixo o embrulho molhado e vermelho, do tamanho de um punho, onde havia colocado a língua do ganso.

— Não acorda ela — sussurrou Maddalena do outro lado da cama.

Donatella agitava a cabeça com força e gemia como os cães quando sonham, rangendo os dentes, o rosto ensopado de suor.

— E agora? — perguntei, agarrando-me aos pés da cama de latão.

— Agora esperamos. — Maddalena afastou da testa da irmã uma mecha úmida de suor.

Ao lado da cama, estavam as duas cadeiras vazias nas quais, de dia, sentavam-se a sra. Merlini e Luigia, e sobre os assentos, a Bíblia, o rosário e o véu com a borda ainda por ajustar, a tesoura de costura e o carretel de linha branca.

Maddalena curvou-se sobre o rosto da irmã e perguntou:

— Quem fez mal a você?

Ficamos em silêncio, sem respirar. E então Donatella, com os olhos apertados, respondeu:

— O filho dele.

— O filho dele? — disse Maddalena. — O filho de quem?

— Meu filho — respondeu ela de um fôlego. — Meu filho e de Tiziano.

23.

Era um dia de fim de janeiro, gélido e ensolarado, quando eu e Maddalena nos encontramos com Tiziano Colombo em uma das mesinhas do lado de fora da cafeteria da praça do Arengario.

Minha mãe dizia que aquela era a cafeteria das "pessoas requintadas", porque os garçons usavam uma gravatinha e serviam com luvas brancas os doces em elegantes travessas de prata. Ela gostava de ir lá na primavera, depois da missa de domingo, para tomar sorvete nas taças de estanho, ouvir a pequena orquestra e ser invejada por quem passava.

Por causa do frio, quase todas as mesinhas na rua estavam vazias, exceto aquelas em que estava sentado Tiziano com outros rapazes e uma senhorita com um manguito de pele e brincos de coral. Os rapazes eram jovens e bonitos, com a farda impecável e os cabelos penteados com esmero. Tiziano tomava chocolate quente e ria, envolto no capote preto e pesado.

— Ei! — gritou Maddalena, encarando-o ao lado do cordão de veludo que delimitava a área das mesinhas.

Eu estava ao lado dela e respirava pelo nariz para não demonstrar que estava com medo.

— Elas estão falando com você? — disse um deles, comprido e desengonçado.

Tiziano nos viu e, com a mão, fez sinal para que nos aproximássemos. Parecia estar à vontade.

Maddalena passou por cima do cordão sem hesitar e, em um instante, estava na frente dele, e eu a segui em silêncio.

Ela esfregou tanto as mãos que os nós dos dedos rachados por frieiras voltaram a sangrar.

— Eu sei por que não foi mais visitar minha irmã.

— Desculpe — respondeu Tiziano —, mas isso não é assunto de criança.

— O que essa aí quer de você? — perguntou a senhorita, apoiando-se no ombro de Tiziano. — Meu Deus, está imunda.

— Agora você também faz menininhas perderem a cabeça? — brincou um sujeito de cabelo escuro, com o rosto limpo, olhando tão intensamente para nós que até corei.

— Não quero falar da sua irmã — disse Tiziano com uma expressão triste —, já são águas passadas.

Na noite em que a língua do ganso fez Donatella confessar a verdade, lembrei-me daquela vez que Tiziano falou que queria se casar com ela. A Maldita tinha razão. Embora fosse bonito, não era confiável.

— Ela se chama Donatella Merlini. É sua namorada. Pulou no Lambro por sua causa. E agora você quer jogá-la fora como se fosse um sapato velho? — Maddalena não tremia, a voz era clara e forte como a dos homens que falavam de guerra no rádio.

— Chega dessas histórias tristes — atalhou um outro, com óculos redondos, que tomava uma orchata. — O pobre coração dele não permite.

— O coração dele? — sibilou Maddalena. — O mesmo que obriga que fique aqui tomando chocolate quente e o impede de ir combater na guerra, não é? Esse coração *doente*.

Tiziano fez um gesto como se estivesse expulsando uma mosca.

— Achei que ela fosse uma boa moça. Eu a amava muito — disse com ar aflito — antes de saber a verdade.

— Mentiroso. — Maddalena bufou.

— Desculpe, mas a situação é essa. Eu deveria ter entendido antes, com aquele batom que ela usava... procurando o olhar dos homens... Era evidente.

A moça com o manguito enrugou os lábios com desprezo.

— Que vergonha!

— Sua irmã tinha outros homens. E a prova é a criança que logo crescerá dentro dela.

— O filho é seu! — gritou Maddalena, e os outros emudeceram. — Ela queria afogá-lo no Lambro, mas não conseguiu. O que acha que ela vai fazer agora?

Tiziano se limitou a suspirar com presunção.

— É o que acontece nas famílias que não tem um pai — comentou o rapaz com luvas de lã.

— A mulher é como uma lareira quente no inverno, se acende e todos os melros aproximam-se em busca de um pouco de calor — disse o de cabelo escuro.

Os homens gargalharam.

Maddalena estava com os olhos fixos no chão, as costas tremendo.

— Não é verdade — falei, engolindo o medo e a vergonha. — Vocês são uns mentirosos.

— Vocês não entendem que um Colombo não pode se dar com uma rolinha? — contrapôs um outro.

— O que é uma rolinha? — perguntou a Maldita.

— Uma vagabunda — retorquiu a senhorita com o manguito —, do tipo que abre as asas no apartamento alugado por um homem e depois sai depenada ao cair da noite.

— Não é verdade!

— E depois dizem que os homens são uns porcos.

Tiziano fez um gesto para calá-los e, em seguida, voltou a olhar para Maddalena e argumentou:

— Seja discreta. Você não vai querer que certos boatos se espalhem por aí. Seria uma pena ver a sra. Merlini ainda mais arrasada do que já está. Ela já tem muitas preocupações. Vocês não querem causar outras, não é mesmo?

— Que história triste — externou o rapaz de cabelo escuro, e passou a mão nos fios cheios de brilhantina.

— Uma família realmente azarada — comentou a senhorita enquanto acariciava um brinco, absorta.

Tiziano tirou do bolso um bolo de notas presas com uma mola de prata. Umedeceu o indicador com a língua e tirou uma cédula marrom grande como uma fronha: eu nunca tinha visto mil liras de perto. Dobrou-a ao meio e a fez deslizar pela mesa, na direção de Maddalena.

— Pegue.

— Um gesto caridoso — disse a senhorita tocando ligeiramente a mão de Tiziano, que levantou os ombros como se não fosse nada.

— Os carentes não podem ser abandonados. Nem mesmo em casos como esse.

— A moça é que foi buscar sarna para se coçar.

— Que coração, Tiziano! Que coração!

Quando Maddalena ergueu o olhar, estava com o rosto contraído e os cílios molhados. Fungou com força e cuspiu em Tiziano, que arregalou os olhos enquanto o grumo de saliva lhe escorria pelo capote, no ponto onde estavam espetados o distintivo fascista e a bandeira tricolor.

— Você vai morrer em breve — determinou Maddalena de um fôlego, olhando para as pupilas escuras dele. — Eu prometo. Vai morrer como os ratos que se afogam no Lambro e são devorados pelos corvos.

O sorriso se apagou no rosto de Tiziano, cedendo ligeiramente antes de voltar a se unir às gargalhadas dos rapazes, que explodiram alto e bom som depois das palavras da Maldita.

* * *

Durante todo o caminho, Maddalena não disse uma só palavra. Ia na minha frente com o passo ligeiro e, mesmo quando eu a chamava, não respondia, as abas do capote largo demais abrindo-se como asas enquanto ela caminhava pela via Vittorio Emanuele.

Eu a seguia ofegante e pensava em Donatella, no modo como pintava os lábios, no vestido que lhe destacava os seios, e voltou à minha boca aquela palavra que usaram para classificá-la: "rolinha". O ódio que eu sentia por Tiziano, pelas palavras pacatas e experientes que dizia, só era inferior ao que eu sentia por mim mesma por, durante um instante, um instante apenas, ter acreditado nele.

Encontramos Noè no pátio, cavava um buraco atrás do cercado dos gansos. Ele nos cumprimentou com a mão e sorriu ao nos ver chegar, depois percebeu que Maddalena estava furiosa e voltou a cavar. O cão latia desesperado, preso à corrente, o que encobria o barulho ritmado da pá na terra endurecida pelo gelo.

Ainda cavando, Noè me olhou e disse:

— Sarou.

Levei a mão ao rosto, bem onde Matteo tinha me cortado com a faca na noite em que entramos às escondidas no pátio dos Tresoldi. Os cortes no rosto sangram muito, mesmo sendo superficiais, Noè tinha me explicado. O meu não passava de um arranhão. Quando ainda estava recente, minha mãe viu e começou a gritar: "Como você arrumou isso, sua desgraçada?!" Respondi que eu mesma tinha feito aquilo, de propósito, para lhe dar um desgosto, pois se meu futuro dependia apenas de um belo rosto, então eu não o queria. Ela franziu os lábios, disse que, se ficasse uma cicatriz, nenhum homem se casaria comigo, que eu ficaria sozinha para sempre, por culpa minha. "Não importa", respondi. O corte logo cicatrizou. Fiquei quase decepcionada.

— Mesmo que tivesse ficado uma marca, não teria importância — prosseguiu Noè de repente. — Ainda assim, você seria bonita.

Senti o rosto corar e não respondi.

— O que está fazendo? — perguntou Maddalena.

— Cavando um buraco.

— Isso eu estou vendo. Mas por quê?

— Eu tinha vindo pegar um ganso. Depois notei que, atrás dos caixotes de frutas, lá no fundo, estava fedendo e fui inspecionar.

— E o que achou?

— Vocês querem ver?

O gato estava com os olhos brancos e o ventre aberto. Noè usou a pá para afastar as moscas do focinho do bicho e disse:

— Deve ter entrado aqui esta noite. Vittorio deve ter brincado um pouco com ele antes de deixá-lo ir embora. E ele veio morrer aqui atrás.

— Quem é Vittorio? — perguntei e cobri a boca para tentar não vomitar.

— O cachorro. Vittorio Emanuele é o nome dele, como o do rei.

— Ah.

Noè ergueu os ombros.

— Papai disse para eu jogar o gato fora, mas fico com pena.

— É um mau agouro — disse Maddalena —, sinal de morte.

— Aqui todo dia morre um bicho. Você não deve acreditar nessas coisas — replicou Noè.

— Você não acredita? — rebateu ela.

— Em coisas que trazem má sorte? Não. São apenas histórias que as pessoas contam para superar o medo.

— Nem na língua do ganso você acredita?

— Não.

— Nem no que dizem de mim?
— Não.
Maddalena ficou calada por alguns segundos, depois pegou a pá da mão de Noè e disse:
— Vamos ajudar você.
Nós três levantamos o gato usando uma coberta para não nos sujar e não deixar cair o que saía da barriga dele. O corpo pesava como se tivesse sido preenchido com pedras, embora parecesse uma coisa insignificante, preta e suja no meio da coberta. Tive que prender a respiração até jogarmos aquela trouxa no buraco atrás do cercado dos gansos.
— Por que vieram até aqui? — quis saber Noè enquanto guardava a pá no armário das ferramentas.
— Você sabe matar ganso? — perguntou Maddalena.
Noè esfregou o queixo no ponto onde um grumo de terra ficara grudado e disse apenas:
— Sei.
— Mostre para mim como se faz — pediu ela, com a expressão de quando pensava em coisas malvadas.
— Para quê? — perguntei a ela.
Noè pegou uma tesoura comprida com a ponta afiada.
— Você quer outra língua? — indagou enquanto nos aproximávamos do cercado dos gansos.
— Não — respondeu Maddalena. — Só quero apender como se faz.

Seja lá no que ela estivesse pensando, não deu tempo. Foi na mesma noite em que enterramos o gato que Maddalena recebeu a notícia que mudou a vida de toda a família.
Era um telegrama da África: Ernesto tinha sido ferido durante a "heroica", como diziam, defesa da guarnição de Passo Uarieu e transferido para o hospital militar. Mais notícias seriam enviadas nos próximos dias, prometia o telegrama. En-

tretanto, era uma voz anônima, de burocrata, e, por quarenta e oito horas, Maddalena não dormiu nem comeu.

Depois, o próprio Ernesto escreveu do hospital para casa. Não deu informações sobre a própria saúde nem sobre uma possível volta. Só perguntou por Luigia. Queria casar-se com ela. Logo, antes que fosse tarde.

Tudo foi organizado por telegrama. No fim, chegou a última carta, com as laterais debruadas de preto. Luigia estava inclinada sobre a mesa com o rosto escondido entre os braços, os óculos abandonados na toalha de mesa e o véu, ainda não costurado por inteiro, sobre o cabelo. A sra. Merlini havia se trancado no quarto e os gritos eram ouvidos até na cozinha. Donatella dormia.

— Ernesto tinha medo de morrer sem ter se casado com ela — disse Maddalena. Apertava a carta como se torce um pano, a respiração sufocada na garganta. — Fizeram tudo por procuração. Um sim da África, outro do lado de cá, e tudo foi resolvido.

Em 24 de janeiro, a batalha de Tembien chegou ao fim sem vitória nem derrota. Ernesto, como muitos outros, morreu a troco de nada.

Eu me aproximei e peguei a mão de Maddalena. Ela a apertou, levou-a à testa e a manteve ali por muito tempo, sem falar nada. Aquele era o tipo de dor que não se deixava exprimir em palavras.

24.

Por muitas noites, sonhei com gansos.

Foram sonhos agitados, confusos e cheios de violência: campos de batalha cobertos de mortos, como nos quadros sobre as guerras napoleônicas nos livros da escola. Mas os soldados, no lugar dos fuzis, tinham grandes tesouras brilhantes, como a que Noè usava para matar gansos. E ele também estava lá, com um capacete verde, sujo de sangue até os cotovelos, segurando um ganso rígido, sem vida, com a barriga aberta, enquanto dizia a Maddalena: "Você precisa sentir as entranhas com a palma da mão e revolver com os dedos. Cuidado para não rompê-las, senão a carne fica com gosto ruim."

Maddalena também aparecia nos meus sonhos, assim como Tiziano Colombo, que tinha o pescoço comprido e torto, um bico colado naquele rosto bonito e limpo. Maddalena espetava a tesoura na boca e no crânio dele. Tiziano gritava ao mesmo tempo que secretava um líquido negro pela nuca, em seguida o abdômen inchava e, quando se rasgava, saía uma criança com a pele roxa, como a de um afogado.

Então eu despertava, ensopada de suor e com medo, com vontade de gritar.

Eu queria contar aqueles sonhos a Maddalena, mas ela me evitava. Depois da morte de Ernesto, construíra em torno de si mesma uma barreira que não permitia a ninguém atravessar.

Se eu a procurava, ela respondia atrás da porta: "Amanhã." No dia seguinte, porém, ocorria a mesma coisa.

Vim a saber por Carla que Donatella deixara o leito e já não tinha febre, estava ficando maior e a sra. Merlini a mantinha escondida, sufocada pela vergonha. Maddalena havia optado por se enclausurar com elas no frio daquela casa então vazia.

Sem ela, tudo parecia ter perdido cor, forma e consistência. Na escola, a professora de geografia espetava as bandeirinhas que sinalizavam o avanço italiano no mapa da Etiópia, chamava aquela guerra de "a maior façanha colonial da qual a história há de lembrar-se", e eu a odiava com tanta intensidade que chegava a imaginar que me levantava e quebrava o tinteiro na testa dela. Acontece que eu não fazia nada, ficava apenas olhando pela janela, à espera do toque da campainha.

No fim das aulas, saía correndo sem me despedir de ninguém, e me conter para não ir procurar Maddalena era um esforço doloroso. Eu atravessava o centro correndo, com a bolsa batendo na coxa, o cachecol se desenrolando, podendo me fazer tropeçar, e ia encontrar Noè.

Gostava do cheiro de terra molhada, trabalho e tabaco dele e dos gestos lentos e precisos, que nunca eram desperdiçados em algo desnecessário. Enquanto trabalhava, Noè me deixava ficar ao lado, e eu falava de qualquer coisa que pudesse me ajudar a calar o ruído que tinha nos ouvidos. Ele me escutava e só me fazia algumas perguntas, alimentando os gansos ou arrumando os vidros de conservas nas prateleiras mais altas. O sr. Tresoldi também aprendeu a aceitar minha presença como se aceita a das moscas no verão e se limitava a perguntar, quando entrava na loja e me via ao pé da escadinha, passando uma caixa de Italdado para Noè:

— Você não tem dever de casa para fazer?

— Já fiz — respondia, dando de ombros.

Algumas vezes, Noè me pedia que repetisse a lição para ele, dizia que não queria que me reprovassem, pois se eu não fosse mais à escola iria perturbá-lo de manhã também.

Ele, porém, logo se entediava do Odisseu que entrava no cavalo de Troia ou de Catulo que, no poema sobre a morte do irmão, dizia: "*Nunquam ego te, vita frater amabilior, aspiciam posthac?*"

Preferia, quando estávamos no pátio, explicar para mim como funcionavam as coisas que ele conhecia bem: como as galinhas punham os ovos e onde se devia bater com o dedo para saber se tinham ou não um pintinho. Dizia que era necessário manter o galo afastado, pois parecia nunca se cansar de engravidar as galinhas.

Noè, mesmo quando falava daqueles assuntos, nunca era vulgar, e não evitava falar de coisas que outros homens, como meu pai ou os professores na escola, teriam considerado vergonhosas e inadequadas para uma senhorita.

O vazio deixado por Maddalena ardia como a bolha de uma queimadura profunda, então agarrei-me a Noè e me escondi no afeto dele, fingindo que poderia me bastar. Por algum tempo, parei de sonhar com gansos.

Depois, um dia, no cercado das galinhas, Noè levantou meu queixo.

— Sabia que você é bonita de verdade?

Foi tão repentino que não tive tempo de me esquivar: ele aproximou o rosto e pressionou os lábios nos meus, delicado mas firme. Era molhado, quente. A língua dele procurava a minha, que, ao contrário, estava imóvel. A respiração de Noè e a minha, juntas, tinham um sabor estranho, que não me agradava, e, apesar de meu coração bater mais forte ao senti--lo colado a mim, tive medo e o afastei.

— O que está fazendo? — indaguei, empurrando-o.

— D-desculpa — gaguejou, recuando.

Os ovos caíram no chão e se quebraram em um grumo transparente e amarelo. As galinhas cacarejavam alto, deixando por toda parte penas brancas com listras de sujeira.

— Desculpa pelos ovos — falei antes de deixá-lo ali sozinho.

Naquela noite, os pesadelos recomeçaram. Eu acordava na escuridão, com o medo na garganta, os lençóis colados na pele, e me lembrava que as únicas pessoas para quem gostaria de contar aqueles sonhos não estavam mais comigo. Eu me revirava na cama, esfregava o rosto no travesseiro e fingia que fosse o ombro de Noè ou o quadril de Maddalena. Depois adormecia.

25.

O fim do inverno chegou sem que eu me desse conta.

A tepidez da primavera tentava abrir caminho em meio aos últimos dias frios, dava sinais nos gritos dos corvos que se aglomeravam nas margens do Lambro, nos botões redondos e brilhantes como bolas de bilhar que brotavam na copa das árvores.

Naquele domingo, 15 de março, amarrando os sapatos brilhantes que me feriam os calcanhares, minha mãe me perguntou:

— O que você tem?

Eu respondi apenas:

— Nada. — No entanto, queria ter dito "Tudo".

Atravessei a ponte dos Leões com papai, que andava depressa sem se virar, e com mamãe, que o seguia a pouca distância, segurando com força contra o quadril a bolsinha de avestruz. Parei para me debruçar na balaustrada: o rio corria cinza e mudo; um grupo de patos descansava na margem, entre os seixos. Não havia mais sinal dos Malditos.

A praça da catedral estava ensolarada e o céu, limpo. Os pintores de Nossas Senhoras, com o rosto sujo de gesso e as calças esburacadas, desenhavam na calçada retratos de Mussolini e de Jesus ao lado de um cartaz que pedia UMA LIRA PARA O ARTISTA. As velhas que iam para a igreja avançavam em grupos compactos como bandos de pássaros, vestidas com longos trajes pretos, com luvas de rede e a cabeça coberta. Algumas usavam no pescoço um camafeu com o retrato de alguém morto atrás. Na frente da catedral, com a imponente fachada de listras brancas e pretas aquecidas pelo sol, mamãe tirou da bolsa o véu que cheirava a talco. Tivemos que nos afastar depressa quando passou o Fiat Balilla do sr. Colombo, pois as pedras sob as rodas produziam um barulho que forçava todos a se virar, abrir alas e admirá-lo.

O sr. Colombo desceu do carro e, enquanto meu pai tirava o chapéu, minha mãe se iluminava toda, aprumando os ombros como andorinha que eriça as penas.

— Sr. Strada, que prazer em vê-lo — disse o sr. Colombo com um sorriso largo. Depois se virou para minha mãe e sussurrou: — Senhora. — Com uma gentileza pegajosa e lenta que cheirava a arrogância, como se pudesse chamá-la de qualquer outra forma que quisesse. Inclinou-se e os olhos dele hesitaram por muito tempo sobre ela enquanto voltava a erguer as costas.

Filippo e Tiziano desceram do banco traseiro, ambos com o cabelo partido ao meio e vestindo fardas bem passadas, as botas negras recém-engraxadas. Tiziano ajudou a mãe a sair do automóvel, e ela pôs o pé no estribo, apoiando-se na sombrinha de musselina que usava como bengala.

— Bom domingo, senhora — cumprimentou meu pai.

— Igualmente.

— Vamos nos sentar perto — propôs o sr. Colombo, e enfiou os polegares no cinto preto.

— Ótima ideia — concordou minha mãe, que o fitava com olhos adoradores.

— Como sua filha está crescendo! Já é uma mulher-feita — afirmou a sra. Colombo para o meu pai.

— É verdade — respondeu ele com um gesto de orgulho que me surpreendeu.

Enfiada naquelas roupas elegantes, com a saia de seda e o sobretudo, eu me sentia deslocada, inadequada. Cruzei os braços sobre o peito.

— Você também não acha que Francesca se tornou uma bela moça? — continuou a sra. Colombo, e apoiou a mão no ombro de Filippo.

Ele fez uma careta. O rosto do pai se contraiu em uma expressão de incômodo.

— Responda à sua mãe.

Foi Tiziano quem interveio. Abaixou a cabeça.

— Uma verdadeira senhorita. — Fez uma reverência como a do pai e, enquanto se levantava, esticou a mão e tentou tocar de leve na barra da minha saia. — E que lindo vestido.

Esquivei-me com um movimento de irritação.

— Não.

Minha mãe ficou horrorizada.

— Francesca, não lhe ensinei a ser mal-educada!

— Não quero que ele toque em mim — sibilei.

— E do que tem medo? — O sr. Colombo riu. — Ele não vai devorar você.

— Não — rebati com a mesma dureza que a Maldita teria no rosto —, mas talvez ponha um bebê dentro de mim e depois faça eu me jogar no rio.

Ao ouvir aquelas palavras todos emudeceram e a falsa cortesia desapareceu, engolida pelos rostos pálidos.

A primeira coisa a chegar foi o tapa da minha mãe: forte, com a mão aberta, no rosto. Depois seguiram-se as palavras da sra. Colombo:

— Minha família nada tem a ver com aquela desequilibrada.

O sr. Colombo me observou com uma mistura de nojo e decepção. Filippo continuava agarrado à saia da mãe, enquanto Tiziano exibia um sorriso viscoso.

— Uma desequilibrada — repetiu a sra. Colombo e virou as costas para entrar na igreja, seguida do marido e dos filhos.

— Estúpida! — gritou minha mãe. — O que acabou de dizer?

Minha mãe saiu correndo atrás do sr. Colombo, chamando-o pelo nome. Segurava o chapeuzinho e corria, como se não se importasse mais com a reputação e a dignidade, que sempre foram obsessões dela.

As velhas que passavam ao nosso lado apontavam para minha mãe e sussurravam:

— Olha como a rolinha esvoaça para o ninho.

Meu pai pôs novamente o chapéu e olhou para o chão. Será que fomos mesmo cegos por todo aquele tempo? Ele que se recusava a ver e eu que, pelo contrário, ainda não tinha percebido que já havia visto demais.

Entrei na igreja com a mão na bochecha, que ainda ardia. Meu pai me conduziu pela nave e prestei muita atenção para pisar apenas no mármore preto, fazendo barulho com os saltos. Quando nos unimos a mamãe, que havia se acomodado no banco atrás dos Colombo, meu pai se sentou ao lado dela como se nada tivesse mudado, mas olhando fixamente para o genuflexório. Eu queria dizer que não era ele quem devia se envergonhar, quem devia se esconder. No entanto, fiquei calada e, no momento em que sussurrou "Agradeça ao Senhor", fiz o sinal da cruz.

O cheiro de incenso era forte, o Jesus de bronze e ouro no fundo do altar continuava a me observar, mas eu retribuía o olhar e perguntava: "Por que permitiu que tudo isso acontecesse?"

O padre falou da ressurreição dos corpos e da salvação das almas, e eu pensava em minha mãe, que ficava nua e deixava que o sr. Colombo a abraçasse e beijasse com os lábios ásperos lhe fazendo cócegas no seio. Pensava em Maddalena, em como eu queria ir correndo até ela para contar tudo. Pensava em Tiziano e no sorriso viscoso que me dirigira no adro.

Os fiéis se levantaram para receber a comunhão e as notas do órgão que tocava o "Panis Angelicus" faziam os vidros estremecerem, enquanto eu procurava refúgio na capela da Virgem Maria para ficar sozinha e acender uma vela: em troca de uma prece para a mãe Dele, talvez o Senhor escutasse o que eu tinha a dizer.

A estátua da Virgem Maria era azul e dourada, tinha uma coroa de estrelas na cabeça. Alguém havia amarrado rosários em torno dos pulsos dela, que mantinha os braços abertos e parecia me olhar com benevolência. Em meio ao perfume quente da cera, ajoelhei-me e fechei os olhos, as mãos unidas. Rezei por Maddalena e por Luigia, que não poderia mais dançar com Ernesto. Depois pensei nos Colombo: em Tiziano, que quase fez com que Donatella se matasse, e no pai, que, como ele, usava as mulheres como bem entendia, tomando o prazer como se lhe fosse devido. Eu não sabia se era possível pedir à Virgem Maria que mandasse alguém para o inferno, mas por também ser mulher ela sem dúvida entenderia.

Respirei fundo, e foi então que percebi o cheiro desagradável e enjoativo da água-de-colônia, a madeira do banco estalando, a respiração quente na minha nuca.

— Sou eu, fique tranquila.

Sobressaltada, abri os olhos. Tiziano havia se ajoelhado a meu lado. Tentei me levantar, mas ele me acariciou.

— Não me diga que tem medo — disse, persuasivo.

Eu não conseguia mais falar, os dedos dele estavam frios, me acariciavam da dobra do cotovelo até o pulso, com doçura, depois a mão deslizou para o meu quadril.

— Não vou fazer nada com você — falou como se estivesse rezando.

Levantou minha saia o suficiente para enfiar a mão embaixo. Eu não conseguia me mexer, nem sequer pensar. Só sentia o frio da pele dele, o tecido da saia que se afastava, descobrindo minhas coxas. A Virgem Maria continuava a olhar. Os dedos de Tiziano me apertaram forte no meio das pernas, fizeram um movimento circular que desencadeou no meu corpo uma quente e inesperada onda de prazer e dor ao mesmo tempo. Agarrei-me ao banco.

Tiziano gemeu, a boca no meu ouvido, fazendo *Shhh* enquanto com os dedos tentava se insinuar por baixo da borda da calcinha. Eu era uma vela derretida pelo calor, dócil nas mãos dele: queria gritar, espernear, mas o medo e o asco haviam empurrado minha consciência para um lugar que eu não conseguia alcançar.

De repente, ele se afastou e se levantou, o rosto ligeiramente corado. Fiquei ali, as unhas agarradas à madeira e o nojo de mim mesma me invadindo inteira. Com tom persuasivo, sussurrou:

— Quando você quiser, voltamos a nos ver.

26.

Foi Noè quem me encontrou. Eu estava com o rosto manchado de lágrimas, as pernas arranhadas por ter descido depressa demais pelo muro desabado do Lambro. Havia agido sem pensar, como se meu corpo, ao criar um lugar seguro no qual pudesse se esconder, tivesse decidido por mim.

— Francesca — chamou do alto da ponte.

Ergui o rosto e ele largou a bicicleta e se precipitou na minha direção.

— O que aconteceu? — perguntou, agachando-se.

— Vai embora — gritei entre soluços.

Eu me sentia suja e má. Não queria que ele me tocasse. Só queria que me deixasse sumir.

Ele hesitou, como se tivesse medo de me quebrar e em seguida tentou pôr a mão no meu ombro e me chamar pelo nome.

Eu o repeli com raiva, gritando como os gansos quando os agarramos pelo pescoço. Então ficou imóvel, os braços erguidos, respirando pela boca e me olhando com uma expressão desesperada.

— O que fizeram com você?

O que aconteceu depois vim a saber pelas velhas que, no domingo seguinte, cochichavam no adro da igreja.

O filho do quitandeiro havia ido ao café na esquina da praça do Arengario e dito a Tiziano Colombo, que tomava chocolate quente sentado com os amigos em volta da mesinha na frente da vitrine dos doces, que ele era "um fascista de merda e que devia pedir perdão de joelhos a todas as garotas em quem teve a ousadia de tocar".

Ninguém entendeu a quem se referia, ele não mencionou nomes. Tiziano começou a rir e disse a ele que fosse embora, mas Noè o pegou pelo colarinho e o obrigou a se levantar. Falou "Vou quebrar sua cara" ou "Vou fazer seu nariz ir parar dentro do crânio", sobre isso as velhas não estavam de acordo.

O primeiro soco foi Noè quem deu, depois de Tiziano ter dito que as garotas a que ele se referia eram apenas "putas".

Os outros clientes do café, homens com embrulhos de doces pendurados no dedo mindinho e senhoras com chapéu de feltro que arrastavam para longe crianças com a boca suja de açúcar de confeiteiro, correram para a saída sem dar um pio.

Tiziano estava crente de que usava a violência com um profundo sentimento de justiça, como se dar pancadas fosse uma liturgia. Agia como o pai, que, quando jovem, com os amigos da *Famigerata*, uma das milícias fascistas mais famosas dos anos 1920, saía para surrar e fazer os outros engolirem óleo de rícino, achando que estava levando a cabo a obra deixada incompleta pelo *Risorgimento*.

As velhas que estavam no adro da igreja disseram que aqueles rapazes se atiraram todos juntos sobre o filho do sr. Tresoldi, que Noè havia nocauteado um deles, fazendo-lhe voar um dente, e dado uma cotovelada na cara de um outro, mas depois fora atingido por um pontapé na barriga, caindo de costas em uma mesa posta: voaram xícaras decoradas a mão e talheres de sobremesa feitos de prata. Uma vez no chão, não teve escapatória.

Foi atingido por chutes e murros na barriga, no meio das pernas e nas costas. Antes de ir embora, deixando-o como se estivesse morto, com sangue e saliva escorrendo da boca e do nariz e a respiração transformada em assobio, Tiziano deu-lhe um chute na cara e disse: "Asqueroso."

Graças ao sr. Colombo, que intercedeu em favor deles na prefeitura e junto ao governador da província, ninguém foi punido. As pessoas apenas pararam de fazer perguntas sobre aquilo. Até o sr. Tresoldi, que não queria correr o risco de perder a loja obtida justamente graças àqueles homens, precisou ficar calado, limitando-se a praguejar tão alto que dava para ouvir a duas ruas de distância.

Quando fui visitar Noè, o pai dele me expulsou e disse que não ficava bem e a culpa era minha. Ele sempre tinha dado pancadas no filho, mas, por aquele rosto desesperado, entendia-se que havia sido o primeiro a temer pela vida dele.

— Por favor — implorei —, só quero vê-lo. Dizer que lamento. Que ele não devia ter feito aquilo.

— A única coisa que eu sei dessa história é que fez meu filho cuspir sangue — gritou o sr. Tresoldi, mas a voz dele não me amedrontava mais.

Àquela altura, eu já sabia que o verdadeiro perigo vinha das vozes convincentes.

— As pessoas têm razão — disse o sr. Tresoldi. — Você e a Maldita dão azar.

Sem nenhum outro lugar para fugir ou me esconder, fui para a casa de Maddalena.

Cheguei à via Marsala antes da hora do jantar, com o quadril dolorido por causa da corrida e o rosto molhado de lágrimas.

— Sou eu — falei em frente à porta. A resposta foi um silêncio, mas continuei. — Por favor. Preciso de você.

Maddalena abriu sem dar uma palavra: estava usando uma velha blusa puída, uma saia de pregas, parecia muito mudada naqueles meses, como se tivesse crescido de repente e nada mais que vestisse coubesse direito.

Estava segurando uma carta tão carcomida que pensei que devia tê-la lido até estragar a vista.

Fui tomada por uma onda de afeto feroz, e só então percebi como havia sido intensa a dor da sua falta, com ela ali inteira, na minha frente, dizendo:

— Entra.

Na cozinha, a sra. Merlini preparava um risoto, um cheiro de açafrão estava forte. Donatella, com o ventre bojudo deformando o vestido, punha os pratos na mesa. Estava com o rosto apagado, sem pó de arroz nem batom. Olhou-me com uma expressão ausente e em seguida virou a cabeça.

Maddalena me levou até o quarto.

— Conta.

Eu disse tudo. As palavras jorravam como água pela rachadura de uma barragem: cada vez com mais força, até destruir qualquer defesa. Falei da vergonha e do nojo que senti quando Tiziano me tocou na igreja, de Noè que me achou chorando embaixo da ponte dos Leões e, depois, por culpa minha, acabou com os ossos quebrados.

Ela ficou me ouvindo em silêncio, cerrando os dentes.

Depois levantou o olhar, seguro e firme como nas ocasiões em que tomava uma decisão da qual não se podia voltar atrás.

Estendeu-me a carta que apertava na mão: era de Ernesto.

Devia ter sido escrita poucos dias antes de o estado de saúde dele ter se agravado, a data era de 22 de janeiro, mas o carimbo postal era dos primeiros dias de março. Ernesto estava morto havia dois meses, e só então Maddalena recebeu uma carta. Ela deve ter achado que estava falando com o paraíso.

"Estou melhor. Estão cuidando bem de mim e não pulo nenhuma refeição. Prometo que volto em breve porque não tenho intenção alguma de abandonar você, Luigia e Donatella. Vocês são o que tenho de mais precioso. Mas se Deus quiser me chamar para perto dele, é você que vai cuidar de todas elas.

Você me dá orgulho. É uma garota forte. Não deixe que ninguém apague sua fé. Estou rezando por você. Ernesto."

Terminei de ler e Maddalena entrelaçou os dedos com os meus.

— Desculpe por não ter estado presente. Eu só queria morrer. Mas agora entendi o que devo fazer. Se quiser, podemos fazer juntas.

27.

— Parei de querer ser boa — confessou Maddalena naquela manhã de março com o sol ainda turvo no céu abafado pelo resíduo da noite enquanto íamos ao Lambro para confrontar Tiziano.

Foi ela quem me disse que o encontraríamos ali, à nossa espera. Sozinho. Bastou uma carta entregue a um dos garçons do Caffè dell'Arengario com a recomendação de que a entregasse nas mãos certas. Uma nota de cinquenta liras fez o resto. Ela não quis me dizer o que havia escrito naquela carta, apenas que a tinha assinado com o nome de Donatella.

— Ele vai estar lá — garantiu, andando a meu lado, atravessando com pressa a via Vittorio Emanuele, diante das vitrines da padaria e da mercearia com as grades ainda fechadas. As ruas estavam tão vazias e indiferentes que me lembravam cemitérios.

— E depois o que vamos fazer?

Maddalena não respondeu, apenas enfiou a mão no bolso do capote, que usava desabotoado. Por baixo, só tinha um vestido leve, as pernas estavam lívidas de frio.

Tirou do bolso a tesoura de costura de Luigia, que brilhava.

— O que vai fazer com isso? — perguntei sem fôlego.

— Você vai ver.

Pensei nos gansos de Noè, enquanto ele afirmava: "Você precisa segurar o pescoço desse jeito, assim abrem o bico."

— Você não pode.

— Posso, sim.

— E o que vai acontecer depois?

— Não me interessa — interrompeu, voltando a enfiar a mão e a tesoura no bolso.

A ponte dos Leões estava no fim da rua, como sempre esteve, mas, ao mesmo tempo, maior, quase imponente, suspensa naquele silêncio cheio de expectativa, iluminada pelos postes da rua ainda acesos. O próprio lugar parecia fazer com que se prendesse a respiração.

Não o vimos quando nos debruçamos no parapeito, mas o ouvimos cantar.

Descemos pelo muro desabado, e Maddalena pegou minha mão para me ajudar a aterrissar nos seixos com as solas escorregadias dos meus sapatos.

Tiziano estava ali, sob o arco da ponte, fardado, com as calças bem passadas, a camisa limpa, o capote com o distintivo resplandecente. Estava tão inadequado naquele lugar, o qual em minha mente era associado a lembranças felizes, impregnado do cheiro familiar do rio, que foi como levar um tapa.

Cantava baixinho "Parlami d'Amore Mariù" e atirava obliquamente pedras na água cinzenta, fazendo-as quicar.

Maddalena estava com a palma da mão suada, apesar do frio, e respirava com a boca aberta.

Soltou-me e avançou na direção dele.

— Estamos aqui.

Tiziano se virou com ar confuso, depois nos viu e fez uma expressão estranha.

— O que vocês estão fazendo aqui? — Jogou no chão as pedras que sobravam.

— Eu escrevi a carta — revelou a Maldita. — Você deve pedir desculpa pelo que fez.

— Eu não tenho que pedir desculpa por absolutamente nada.

— Você me dá nojo — afirmou Maddalena. — E é um covarde que nem tem coragem de ir para a guerra.

Eu também queria falar, pelo menos me aproximar dela. Entretanto, assim que olhava para Tiziano, sentia-lhe os dedos e a respiração e não conseguia me mexer.

— Vocês não entendem. Não passam de duas garotinhas. — Ele deu de ombros, acariciou o distintivo com o emblema fascista e continuou: — Vocês não sabem o que meu pai faria comigo se descobrisse. Eu nunca poderia dizer que tive um filho com uma garota qualquer. Vocês não fazem ideia de nada. — Balançou a cabeça com força e assumiu um ar soturno, como se perseguisse pensamentos que não podíamos ver. — E depois, era realmente ela, sua irmã? — disse, passando a língua nos dentes. — Como posso ter certeza? No escuro, as mulheres se parecem. Gemem e gritam da mesma maneira, sabiam? É só apagar a luz e você se confunde.

Maddalena o pressionou.

— Você a convenceu a ir quando disse que, do contrário, não se casaria com ela. Depois, quando o sangue dela não veio, você fingiu ter se esquecido e a dispensou, dizendo pela cidade que ela era uma puta.

A firmeza de Maddalena me deu medo.

Tiziano lambeu os beiços.

— As mulheres deveriam ser como a do Duce: saber se entregar sem reclamar. E ela queria aquela criança de qualquer jeito. Mas eu não posso, entendem? Não posso. Já decidiram por mim.

— Vamos contar a todos o que você fez com Francesca e com Donatella — gritou Maddalena.

Ele começou a gargalhar e disse:

— Vocês não são ninguém. Quem vai acreditar em vocês? — Aproximou-se desdenhoso e acrescentou: — Aconteça o que acontecer, é em mim que vão acreditar.

— Vamos embora — sussurrei para Maddalena. — Por favor, vamos embora.

Ela, porém, não arredava o pé. Olhava para Tiziano com um desprezo feroz.

— Agora você vai morrer — decretou com o mesmo tom de voz que usou ao falar com Filippo e Matteo no pátio do sr. Tresoldi. — Agora você sente que está com medo e sabe que está prestes a se machucar. Agora vai se dar mal. Talvez pare de respirar ou os ratos comam seus olhos.

Fiquei imóvel, à espera, enquanto Tiziano ria e continuava a avançar. Algo tinha que acontecer. De alguma maneira. Ele estava muito perto, tão perto que senti nas narinas uma lufada da água-de-colônia, a mesma que eu havia sentido na igreja.

— O que foi? — desafiou Tiziano. — Está querendo me meter medo, Maldita? — Entretanto, ele não estava mais rindo.

Maddalena procurou meu olhar com uma expressão de raiva e espanto.

Tiziano ficou frente a frente com ela e a agarrou pela gola do capote.

— Eu deveria ter medo de duas menininhas?

— Deveria — disse Maddalena e acertou sua orelha com força.

Tiziano soltou um grito lancinante e a agarrou, levando a mão à têmpora, que sangrava.

Ela se debateu dentro do capote para despi-lo e Tiziano caiu para trás, nas pedras. Nas mãos, ficou apenas o capote vazio.

Entre os dedos de Maddalena, brilhava a tesoura manchada de sangue. Tiziano olhou aturdido para a palma da mão ensanguentada e berrou:

— Vocês acham que podem me matar, suas putas?

Maddalena se atirou em cima dele, empunhando a tesoura. Tiziano agarrou-lhe o pulso e torceu-lhe o braço para trás das costas.

Foi o grito dela que me libertou da imobilidade idiota causada pelo medo.

— Solta ela! — vociferei e me atirei em cima deles.

Primeiro veio a dor: um estalo na mandíbula, tão forte que os dentes se chocaram, me fazendo morder a língua. Caí no chão com a certeza de que estava prestes a morrer. Arquejei, tentando respirar, enquanto Tiziano massageava os nós dos dedos.

Abandonada no chão, com os seixos gelados sob a nuca e as costas, me peguei observando a cena com um distanciamento obtuso.

Tiziano se curvou sobre Maddalena, enfiou a mão no cabelo dela, enrolando-o entre os dedos, e a sacudiu com violência. Ela estava com os olhos inchados, o sangue lhe escorria pelo rosto, gritava e havia começado a arranhar as mãos dele para tentar se soltar. Esperneava e berrava palavrões, insultos vulgares que eu nunca a tinha ouvido pronunciar.

Ele deu um chute na tesoura, que foi parar na água com um punhado de seixos. Em seguida, arrastou Maddalena para dentro do rio.

Pôs uma das mãos nas costas dela, a outra ainda no cabelo, e a afundou na água. O grito de Maddalena se tornou um gorgolejar de terror.

Eu não conseguia sequer gritar.

— *Gli occhi tuoi belli brillano, fiamme di sogno scintillano* — cantava Tiziano enquanto ainda mantinha o rosto de Maddalena dentro da água, os versos entrecortados por respirações selvagens. — *Dimmi che illusione non è. Dimmi che sei tutta per me.*

A voz dele havia perdido qualquer nuance da gentileza que algum dia teve. Naquele momento, era frenética, impregnada por um gozo doentio.

Tiziano saiu da água com as calças e o capote encharcados, os cabelos de um louro dourado colados na testa molhada.

Atrás dele, Maddalena estava de joelhos na água e tossia de rasgar os pulmões, o rosto cheio de sangue e lama.

Finquei os cotovelos no chão e tentei me levantar, mas os seixos eram escorregadios, me jogavam de volta.

Tiziano sorriu. Olhou para mim, passou a língua nos dentes e disse:

— Agora você vai ver o que vou fazer contigo.

Senti o medo de estar sozinha à mercê de um homem. Era diferente do que o sr. Tresoldi sempre me fez sentir. Aquele medo vinha do estômago, como quando contam histórias de ogros e bruxas. O medo que Tiziano me causava vinha de todo o corpo, era sombrio e viscoso, insinuava-se por toda parte.

— Se você tentar, eu te mato — ameacei.

Talvez ser adulta e mulher quisesse dizer isto: não era o sangue que descia uma vez por mês, não eram os comentários dos homens ou as roupas bonitas, era encontrar os olhos de um homem que dizia "Você é minha" e responder "Eu não sou de ninguém".

O que aconteceu depois, eu não entendi. Foi como as coisas que acontecem em sonho.

Tiziano começou a remexer com furor debaixo da minha saia, agarrou minha calcinha e a puxou para baixo, até meus tornozelos, depois me obrigou a abrir as pernas, pressionando os joelhos contra minhas coxas.

Eu gritava, dava-lhe socos nos ombros e nas costas, mas o peso dele me prendia ao chão. Em seguida ele apertou meus pulsos, segurou meus braços acima da cabeça e disse:

— *Shhh*, fica quieta.

Eu sentia nojo dele, de mim, de tudo. Ele respirava com dificuldade, com o rosto branco e os lábios lívidos, como se a alma dele tivesse sido sugada.

— Senti o diabo chegar — soou uma voz vinda do rio. Era rouca, feroz. Virei a cabeça, Maddalena saía do Lambro engatinhando entre as pedras, pingando água, o sangue escorrendo pela testa. — Ele disse que agora quem vai arrancar seu coração é ele.

Tiziano riu, empurrou a língua para dentro da minha boca e abriu com ímpeto meus lábios.

— Vai arrancar com os dentes. E vai carregar você para o inferno — continuou ela.

Tiziano ergueu o tronco e enfiou a mão dentro da cueca para procurar aquela coisa dura e palpitante que pressionava o tecido.

Depois, de repente, como se alguém tivesse apertado um interruptor, ele parou, os olhos se transformaram em dois poços negros, cheios de medo como os de uma criança.

Desmoronou em cima de mim, ainda respirando por poucos instantes no meu pescoço: um bafo ardente, em arquejos violentos. E parou de se mexer.

EPÍLOGO
A forma da voz

Foi o coração doente que o traiu ou foi a Maldita quem o deteve com a voz dela?

Eu voltava para casa com os pés ensopados, a pele gelada, o sabor de sangue na boca, e repetia essa pergunta a mim mesma. Aquele rosto deformado por uma careta estava na minha mente; no corpo, ainda sentia as mãos dele que me mantinham presa. Tudo doía, até os dentes e os olhos. Todavia, em meio ao medo e ao asco, eu só pensava em Maddalena, na mão dela que apertava a minha, na voz que dizia:

— Vamos nos encontrar em breve.

O dia seguinte chegou como algo que não havíamos desejado. Eu só pensava naquele corpo submerso no rio enquanto as horas passavam, uma após outra, sem propósito. Eu tinha pavor de sermos descobertas. Rezei para que tudo o mais desaparecesse e sobrássemos apenas nós. As preces, porém, não servem para manter o mundo sob controle.

— Temos que contar para Noè, assim ele nos ajuda a escondê-lo. — As buscas já haviam sido iniciadas quando Maddalena me disse isso.

O corpo de Tiziano Colombo foi encontrado em uma manhã em que o céu estava tão pesado que parecia lã molhada.

Disseram que foi Filippo, o irmão, quem sugeriu as buscas no Lambro. Sabia que ele fora falar com alguém. Alguém que tinha armado uma cilada para ele, talvez. Um rebelde, quem sabe, que queria atingir em cheio uma das famílias mais estimadas da cidade para abrir um sulco no bronze dourado do mesmo regime a que os Colombo sempre foram fiéis.

Os olhos e a língua de Tiziano haviam sido comidos pelos ratos e corvos, o resto do corpo estava ensopado de lama, as narinas e os ouvidos entupidos, tanto que a própria sra. Colombo teve dificuldade em reconhecê-lo. Ela apertou o distintivo fascista no punho fechado e disse: "Será feita justiça pelo ignóbil crime." Ou, pelo menos, foi isso que o jornal da cidade escreveu. O sr. Colombo se declarou satisfeito pelo artigo na primeira página, para o qual havia escolhido pessoalmente a fotografia do filho: uniforme fascista e sorriso de astro do cinema. Contudo, ficou amargurado porque o *Corriere della Sera* dedicou ao caso apenas uma nota insignificante na qual o nome do filho nem sequer aparecia.

Dois dias depois, já era o fim de março, encontraram a carta com o nome de Donatella. Não havia sido um comunista que matara o filho mais velho dos Colombo. Nem um anti-italiano, um traidor da pátria, um anarquista, que poderia ter dado à morte dele o mesmo destaque dado à morte de um mártir. Havia sido uma garota, uma rolinha de meia-tigela, órfã de pai e com um bastardo no ventre.

Quando os agentes do serviço de vigilância e repressão ao antifascismo tocaram a campainha ao amanhecer no apartamento da via Marsala para prendê-la, Donatella ainda estava de camisola e descalça. Levaram-na assim mesmo, sem sequer deixá-la pegar um xale, e os gritos da mãe e da irmã acordaram todo o edifício.

Na mesma noite, minha mãe me disse:

— Comprei passagens para Nápoles. Amanhã eu e você partimos. Vamos visitar minha família e ficar lá algum tempo.

Com a respiração presa na garganta, perguntei:

— Por quê?

Ela não quis responder.

Foi meu pai quem me disse em que pé estavam as coisas. Os fascistas haviam levado Donatella para um quartel e feito um interrogatório. "Por que você não faz a saudação romana?" "Eu não sabia que era obrigatória." "Você conhecia a vítima?" "Conhecia, sim, éramos namorados." "E depois, o que aconteceu?" "Falei com ele da criança e ele não quis mais me ver." "Criança de quem?" "Dele, este filho é dele, de quem mais?" "A família nos garantiu que a vítima não se dedicava a práticas de fornicação fora do casamento, o filho deve ser de outro, de alguém que pagou pelos serviços dela e não tomou as devidas precauções." "O que o senhor está dizendo?" "Não é verdade!" "E esta carta?" "Nunca vi!" "Tem o seu nome no cabeçalho, como explica isso?" "Não fui eu que escrevi, juro. Ah, meu Deus, eu juro."

Quem acreditaria naquela moça desgrenhada e grávida do filho de um homem que não era o marido? Uma mulher de maus costumes não sabe o que é a verdade.

Meu pai também disse que a filha caçula dos Merlini se pôs a gritar as injúrias mais terríveis contra o morto: que tratava as mulheres como se fossem animais, que as usava e jogava fora, que enfiava as mãos embaixo das saias das meninas na igreja.

Foi então que meu nome foi mencionado e minha mãe decidiu que tínhamos que partir. Ela não me perguntou nada, nem sequer me olhou, como se tivesse vergonha de mim. Fez as malas nas quais jogou ao acaso as roupas e o modelador de cabelos.

Enquanto ela gritava para Carla ir pegar o vestido leve de bolinhas e as sandálias, meu pai se aproximou de mim. Eu estava sentada à mesa da cozinha diante da fatia, ainda inteira, do bolo de baunilha que Carla havia preparado. Fazia dias que eu não conseguia comer. Uma sensação de enjoo constante me embrulhava o estômago, subia até a garganta, congestionava meus pensamentos.

Papai ficou calado por muito tempo, esfregando os nós dos dedos com o polegar, depois pigarreou.

— O que estão dizendo... — iniciou. Passou a língua nos lábios e engoliu a saliva. — Enfim... O que dizem que aconteceu na igreja... na capela da Virgem Maria... O que ele teria feito com você... — hesitou mais uma vez e respirou fundo. — Lamento que tenha acontecido, muito mesmo. Você sabe que a culpa não é sua, não é?

Anuí ligeiramente.

— Você não fez nada. Sabe disso, não é?

— Não quero ir com mamãe.

— Eu sei. Eu sei, Francesca.

— Por que você quer me mandar embora?

— Não quero que vá embora. Não quero. Mas talvez seja melhor assim, sabe? Só por um tempo. Prometo. Até as coisas se ajeitarem.

Tocou levemente meu ombro. Parecia que tinha medo de encostar em mim. Desabei em cima dele, abracei-o, ao mesmo tempo que afundava o rosto no peito dele. Papai se sobressaltou. Depois, como se algo por dentro tivesse se afrouxado, ele me envolveu, pressionou o queixo na curva do meu ombro e passou a acariciar meu cabelo. Tinha o mesmo cheiro das camisas dele dentro do armário, aquelas em que eu me refugiava quando precisava gritar.

Chegamos à estação, que ainda estava escura. Minha mãe avançava aos tropeções enquanto carregava a mala pesada demais. Usava o chapéu com o véu enviesado sobre o rosto abatido, a fita do colarinho estava desamarrada e a meia de seda tinha um longo fio puxado que ia da panturrilha até o calcanhar.

Ia abrindo caminho entre a multidão, pedindo "Licença" com tom tímido e cansado. O vapor branco dos trens subia dos trilhos até o alpendre de ferro-gusa, entrava nas narinas e fazia arder o nariz.

Minha mãe apertava meu cotovelo e dizia:

— Vamos. — E me empurrava. — Coopere.

Eu pensava em Donatella, que se dilataria como uma rã e, sozinha, odiaria cada vez mais aquela criatura que crescia dentro dela, encolhida no escuro. Pensava na sra. Merlini, que, se o Senhor tivesse lhe poupado o filho e protegido a filha, talvez conseguisse encontrar um espaço também para Maddalena, mas que, àquela altura, só acabaria por vestir novos lutos e se enterrar ainda mais em si mesma. Pensava na casa da via Marsala, nas panelas de cobre que lançavam longas sombras na cozinha cada vez mais vazia.

E pensava em Maddalena. Na voz dela quando disse a Tiziano que o diabo estava arrancando o coração dele, na mão dela apertando a minha, no cheiro do rio.

A dor era feita de coisas concretas: o estômago contraído, a bexiga inchada, o sangue que palpitava na cabeça e por todo o meu corpo. Eu havia me transformado em um osso quebrado.

Sabia que nunca mais a veria, que a estava abandonando. Eu estava com ela no Lambro no dia em que Tiziano havia morrido. Maddalena tinha me defendido, me salvado, como os heróis dos romances costumam fazer. Eram sempre os outros que levavam a culpa por mim.

Eu deixava que minha mãe me arrastasse até a plataforma, rumo a uma locomotiva já à espera, com o feixe lictório em latão. As pessoas tinham o cheiro do sono interrompido e dos primeiros cigarros. Minha mente estava vazia e as pernas, bambas. Foi então que ouvi alguém me chamar:

— Francesca. Espera!

Noè havia se agarrado a um dos pilares com os cartazes dos horários do trem afixados e ficado na ponta dos pés para ser visto em meio à multidão.

Parei e mamãe quase tropeçou tentando me puxar, mas eu me soltei da mão dela e fui até ele.

— O que está fazendo aqui?
— Você precisa vir comigo — respondeu ele de um só fôlego. — Agora.

O nariz de Noè estava torto e cheio de crostas, hematomas amarelados em volta dos olhos e uma ferida profunda, mantida fechada por pontos, embaixo da sobrancelha.

— Não posso.
— Pode, sim.

Eu não conseguia encará-lo, havia me tornado de vidro.

— Não posso — repeti.
— Está com medo?
— Claro que estou com medo! Tiziano morreu.
— Eu sei. Maddalena confessou. Disse que foi ela quem o matou.
— Mas não é verdade! — falei, esbaforida. — Tiziano era doente do coração. Morreu sozinho.

Talvez tivesse sido a voz de Maddalena a responsável por fazer o coração dele parar. Talvez ela realmente o tivesse matado.

— Já não importa mais.

Senti-me como papel-jornal que enruga no fogo.

— E o que vai acontecer com ela agora?

Noè balançou a cabeça com raiva e imediatamente teve que se conter por causa da dor.

— Não sei. Ela tentou dizer a verdade sobre aquele asqueroso do Tiziano Colombo, mas não acreditaram nela. É a palavra da Maldita que acusa um fascista.

— E o que eu posso fazer?

Os olhos de Noè se tornaram hostis.

— Você pode dizer mesma coisa.
— E por que acreditariam em mim?
— Você não quer nem tentar?

Noè emanava um cheiro de tintura de iodo e pomada que sufocava o perfume de terra que tanto me agradava nele.

— Não sei se consigo. Não sou como ela. Não sou boa com as palavras.

Por causa da vergonha e da repulsa por mim mesma, tive que esconder o rosto enquanto o trem apitava forte e minha mãe me chamava.

— É a minha promissória — disse Noè.

— Sua promissória?

— Pela história das tangerinas. Você tem uma dívida comigo.

— Não consigo.

— Francesca, precisamos ir! — gritou minha mãe atrás de mim.

— Nem por ela?

Eu me obriguei a olhar para ele, a procurar os olhos dele dentro daquele rosto devastado. Devastado por minha culpa.

— Não sou como você e ela — falei. — Não sou capaz. Não consigo.

— Não vou repetir, mocinha. Suba imediatamente no trem.

Um carregador tinha ajudado minha mãe a embarcar a mala e ela agitava os braços no trem, com as mãos enluvadas de branco, gesticulando para que me juntasse a ela.

— Preciso ir — disse a Noè.

Ele me fitou em silêncio.

Pensei no que seria de Maddalena após a confissão. Eu não sabia o que fariam com ela. O que eu sabia sobre execuções, havia aprendido nos livros: seria decapitada ou enforcada. Ou talvez fosse trancafiada em uma prisão, açoitada com varas pelas freiras de um reformatório no campo.

Minha mãe estava debruçada para fora do trem e esticava a mão na minha direção.

— Cuidado com o degrau para não estragar o vestido.

Foi nesse momento que parei. Sem que eu percebesse, afloraram dentro de mim a postura e o jeito da Maldita. Minha mente e meu corpo estavam cheios daquilo, e ela irrompeu em mim quando afirmei:

— Não me importo com o vestido.

Virei-me para procurar Noè, mas ele não estava mais lá.

Corri pela plataforma, e as pessoas se afastavam como baratas quando eu passava. O trem estava partindo e minha mãe gritava.

Encontrei-o fora da estação, pegando a bicicleta que havia deixado encostada em um poste. Voltei a respirar, o peso que eu tinha no peito se derreteu como manteiga em uma panela quente.

— Noè, espera!

— Realmente ridículo — foi o que disse o sr. Colombo quando pedi para tomar a palavra.

A multidão começou a ladrar como uma alcateia que vê a chegada de uma lebre, tentando me afastar para não me deixar chegar até Maddalena. Ela estava sozinha no meio daquela sala com o chão de mármore branco e o teto coberto de afrescos, onde um anjo louro, que segurava o brasão dos Saboia, nos examinava, indiferente.

Ela havia sido arrastada até o prefeito, dissera Noè, alguém a segurara pelas axilas, outro pelos tornozelos, como se as leis e regras dos homens de nada mais valessem e ela fosse uma bruxa a ser levada à fogueira. O prefeito, do seu gabinete com a bandeira tricolor e o feixe lictório, enquanto observava a multidão que se aglomerava, dissera com ar enfadado: "Isto não é um tribunal e, decerto, não posso julgar uma menina. Não é assim que funciona." O prefeito e os outros homens fardados riram daquela gente convencida de que uma menininha magra e suja teria sido capaz de matar um homem-feito. Um fascista. "Isso não é uma garotinha", havia respondido a sra. Colombo, com o rosto transfigurado, "é a Maldita".

— Me deixem passar — gritei e fiquei na ponta dos pés para buscar o olhar de Maddalena sobre as cabeças amontoadas. Eu ainda estava sem fôlego e com os cabelos despenteados devido à corrida na bicicleta com Noè, que pedalou depressa, e também devido à subida pelas escadas da prefeitura, em meio aos enormes corredores vazios onde meus passos produziam um eco assustador. — Eu também quero falar!

— Por que deveríamos escutar uma garotinha? O que ela está fazendo aqui? Chamem o pai dela.

Fui dando cotoveladas nas pessoas, nos policiais, nos homens que, mesmo em um local fechado, usavam chapéu e nas mulheres que se agarravam às bolsinhas, para chegar até a Maldita. Os gritos e as ameaças não me assustavam. Noè havia tentado ficar perto de mim, mas a multidão o empurrara para trás.

Maddalena finalmente me olhou. Os lábios dela diziam: "Você voltou."

— Não foi ela.

Só depois de ter dito essas palavras foi que percebi que as havia berrado.

Diante de nós, alinhava-se uma fila de homens fardados, entre eles o sr. Colombo, que parecia querer nos esmagar sob as botas. Maddalena, porém, fitava todos com olhos insolentes e luminosos, e eles também acabavam acreditando que ela poderia matá-los com uma palavra. Até aqueles homens, que tinham o poder de dizer "Você vive" ou "Você morre", estavam aterrorizados com o olhar da Maldita.

O prefeito, com as medalhas espetadas no peito e o pompom preto do chapéu balançando sobre a testa, batia com força os punhos na mesa para impor silêncio, mas a multidão continuava a mugir: "O demônio a incitou a fazer o que fez. Ela é a Maldita. Dá azar. Um rapaz tão bom, tão educado, tão bonito. Um jovem com um destino brilhante pela frente. E ela o jogou na água como se fosse um bicho."

No mundo daquelas pessoas só existiam duas certezas. A primeira: as coisas que não conseguiam explicar eram obra do demônio ou do Senhor, dependendo se tinham atingido quem elas julgavam ser pessoas de bem ou canalhas. A outra: a culpa nunca era dos homens.

— Vocês têm razão — falei, sem fôlego, em pé ao lado de Maddalena. — Foi ela.

A sala ficou silenciosa e imóvel como um ossário.

— E fui eu também. E também foi Donatella e a criança que cresce dentro dela. Foi o Senhor e foi o demônio. Foi a água do Lambro, as pedras da margem e aquele maldito coração dele. Foram todas essas coisas que o mataram.

A multidão ameaçou explodir.

— Silêncio! — gritou o prefeito.

— Vocês dizem que não aconteceu porque não acreditam ser possível que um homem como ele pudesse fazer aquelas coisas asquerosas a garotas como nós. Mas foi o que ele fez. E não, a gente não pode mais ficar calada.

Maddalena estava tão bonita que resplandecia, mesmo do jeito em que estava, ajoelhada no chão e com o rosto sujo. Levantou-se e segurou minha mão. Estava com a palma da mão suada e quente. Sorriu para mim. Eu nunca tinha me sentido tão forte em toda a minha vida.

Agradecimentos

Dizer "obrigada" foi uma das primeiras coisas que me ensinaram quando criança. Mais ou menos no período em que eu estava aprendendo a atravessar a rua e tentava desvendar o mistério de como amarrar os sapatos sozinha. Contudo, quando somos crianças, precisamos dizer "obrigada" mesmo quando não temos a menor vontade.

Então eu cresci e posso agradecer a quem quiser e quando realmente é importante.

Obrigada a quem acreditou na minha história e quis lhe dar a possibilidade de ser lida.

Carmen Prestia, a primeira a confiar em mim e dizer: "Francesca nunca mais sairá do meu coração."

Rosella Postorino, por ter trabalhado comigo com precisão e enorme cuidado. Obrigada por ter insistido para que eu acrescentasse *aquele* diálogo. Obrigada também por suas histórias, que ficaram dentro de mim.

Roberta Pellegrini, pelos conselhos inestimáveis e pela atenção aos detalhes.

Maria Luisa Putti, por ter ficado acordada até as quatro da manhã e cuidado da minha história. Você fez uma espécie de magia, conseguindo tornar este livro a melhor versão de si mesmo. Obrigada pela sua obsessão pelas palavras e por me ter feito conhecer Pessoa.

Paolo Repetti, sem você este livro não existiria. Obrigada.

Obrigada à escola Holden e aos professores fantásticos que lá lecionam.

Eleonora Sottili, por todas as vezes que você me disse "Esta cena funciona!", mas sobretudo por aquelas em que disse "Esta, em contrapartida, nem um pouco".

Federica Manzon, pela confiança e pelas conversas "tira-dúvidas" no escritório do segundo andar.

Marco Missiroli, porque uma das cenas fundamentais desta história nasceu no jardim da escola, no meio de uma fulminante aula dele.

Andrea Tarabbia, por me ter feito descobrir *Il gorgo*, de Fenoglio, pela excursão ao Giardino di Ninfa e pelos pomelos.

Obrigada a Livio Gambarini e Masa Facchini, tutores insubstituíveis no curso "O Prazer da Escrita", na Università Cattolica, por terem lido as minhas primeiras e desengonçadíssimas experiências de contos e terem me ensinado a odiar as cenas que se abrem com "A luz filtrada pelas cortinas". Obrigada também a Martina, que leu os contos mencionados e, mesmo assim, continuou a confiar em mim.

Obrigada a Franco Pezzini, Van Helsing de Turim, por ter me acolhido no curso que ministrou sobre o fantástico.

Obrigada aos meus guias virgilianos no inferno do ensino médio: Chiara Riboldi, Caterina Muttarini, Enrica Jalongo, Rossana e Laura Portinari e Massimiliano Tibaldi.

Obrigada aos meus colegas escritores e companheiros de aventuras: Francesco, imbatível construtor de mundos; Alice, que brilha como os vaga-lumes; Giada, filha da Lua e da mãe natureza; Antonia, mágica sarcástica e conselheira de *ship*; Sergio, samurai cínico com um coração de ouro. Eu nunca poderia pedir companheiros de viagem melhores, seja na terra, seja a bordo de uma nave voadora.

Obrigada, sem ordem específica, aos outros colegas do College Scrivere B (2019-21): Vittoria grande, Vittoria pequena, Paola, Simone, Rossella, Giorgia, Lea, Tommaso,

Silvia, Mary, Susanna, Benedetta, Davide, Giovanni, Edo. Obrigada por terem sido meus primeiros leitores e por terem me permitido ler as histórias de vocês. É um pouco como ter examinado a alma uns dos outros. Vocês brilham intensamente.

Obrigada aos meus amigos com os quais nunca devo me sentir culpada por ser eu mesma: Nico, Rasputin de Monza; Ricky, rocha inabalável; Mario, meio ogro mestre cervejeiro; Jacopo, águia da montanha; Gabriele, Cheshire Cyborg.

Gaia, obrigada porque, nos tumultuosos e terríveis anos do ensino médio, as histórias que escrevíamos juntas e nossos personagens malucos e lindos foram muitas vezes a única coisa que me permitiu ser feliz. Levo-os sempre no coração. Obrigada pelas formas refratárias, pelos lustres e pelas noites que passamos acordadas, conversando e bebendo vinho Sangue di Giuda.

Beatrice, obrigada por sempre se permitir arrastar para qualquer lugar aonde minhas loucuras me levavam. Obrigada pelas sessões de estudo desesperadíssimo, pelas obsessões da nossa adolescência, pelo terrível retrato que você fez, no qual pareço mais um ornitorrinco do que um ser humano. Obrigada por sempre ter estado presente.

Obrigada à minha família, aos meus tios e primos, que sempre acreditaram em mim, em especial a Federico, Lorenzo, Marco e Giulia. Amo vocês.

Mamãe e papai, obrigada por sempre apoiarem esta garota que, aos 9 anos, tentou fugir de casa em busca de aventuras com um livro sobre os astecas e um suco de mirtilo na mochila, e que queria ser cavaleiro quando crescesse. Se este livro existe, é mérito dos "Era uma vez" de vocês, dos bolsos furados e costurados o tempo todo por causa da minha coleção de pedras com formas estranhas, das vezes que vocês me apontavam uma estrela no céu e diziam: "Quem será que mora ali?"

Notas ao texto

As citações nas pp. 11, 75 e 235 são da canção "Parlami d'amore Mariù", de Ennio Neri e Cesare Andrea Bixio (1932).

A citação na p. 42 é da canção "'O surdato' nnammurato", di Aniello Califano e Enrico Cannio (1915).

As citações nas pp. 64 e 185 são da canção "Dammi un bacio e ti dico di sì", de Bixio Cherubini e Cesare Andrea Bixio.

As citações na p. 87 e na p. 119 são do volume de P. Cadorin, *Il Fascio a Monza*, Paolo Cadorin, Vedano al Lambro (2005).

A citação na p. 114 é do "Prelúdio" da *Aída*, de Giuseppe Verdi, com libreto de Antonio Ghislanzoni.

A citação na p. 116 é do discurso que Mussolini fez em 2 de outubro de 1935, quando anunciou a guerra na Etiópia.

O texto do cartão citado na p. 142 foi extraído de C. Duggan, *Il popolo del Duce*, Laterza, Roma-Bari (2012).

A citação na p. 167 é de G. Leopardi, *Canti*, organização de N. Gallo e C. Garboli, Einaudi, Turim (2016).

A citação na p. 218 é do poema 65 de Catulo.

- intrinseca.com.br
- @intrinseca
- editoraintrinseca
- @intrinseca
- @editoraintrinseca
- intrinsecaeditora

1ª edição	AGOSTO DE 2024
impressão	SANTA MARTA
papel de miolo	LUX CREAM 60G/M²
papel de capa	CARTÃO SUPREMO ALTA ALVURA 250G/M²
tipografia	ADOBE GARAMOND PRO